CW01501664

Cyflwynaf y gyfrol hon i fy mam
Nanna Davies

DIOLCHIADAU

Diolch i Wasg Carreg Gwalch am gefnogi'r syniad ac i'r golygydd, Nia Roberts, am ei charedigrwydd a'i gwaith trylwyr.

Y TRÊN BWLED OLAF O NINEFE

Y Trên Bwled Olaf o Ninefe

*'Mae Ninefe fel argae wedi torri
Mae pawb yn dianc ohoni.'*
Llyfr Nahum 2:8

Daniel Davies

Argraffiad cyntaf: 2023
ⓗ testun: Daniel Davies 2023

ISBN clawr meddal: 978-1-84527-899-1

ISBN elyfr: 978-1-84524-545-0

CYNGOR LLYFRAU CYMRU

Cyhoeddwyd gyda chymorth Cyngor Llyfrau Cymru

Darlun clawr: Steff Dafydd, Penglog.co
Cynllun clawr: Eleri Owen
Dyfyniadau cefn y clawr o Gyfansoddiadau a Beirniadaethau
Eisteddfod Genedlaethol 2022

Cyhoeddwyd gan Wasg Carreg Gwalch,
12 Iard yr Orsaf, Llanrwst, Dyffryn Conwy, Cymru LL26 0EH.
Ffôn: 01492 642031
e-bost: llyfrau@carreg-gwalch.cymru
lle ar y we: www.carreg-gwalch.cymru

Argraffwyd a chyhoeddwyd yng Nghymru

Cynnwys

Y Bioden

Roedd popeth yn mynd yn weddol nes imi wneud rhywbeth a ddinistriodd fy mywyd.

Fe wnes i rywbeth da.

Rwy'n un o'r bobl hynny nad oes neb yn sylwi arnyn nhw. Mae gen i'r math o wyneb fyddai'n anodd ei ddisgrifio am nad oes unrhyw beth golygus na hyll amdana i. Rwy'n bodoli, ond does dim byd amdana i'n aros yn y cof.

Edrychwch arna i. Beth welwch chi? Dim byd.

Rwy'n un o'r garfan sy'n cael ei diystyru gan y rhai sydd mewn grym, boed yn athrawon, cyflogwyr neu swyddogion Credyd Cynhwysol. Ni yw'r anweledig rai. Dim dilynwyr ar Twitter, Snapchat nac Instagram. Dim ffrindiau ar Facebook, nac yn y byd go iawn chwaith. Dim grym. Dim llais. Dim i'w wneud ond pigo creithiau ein methiannau o fore gwyn tan nos.

Dyna pam ro'n i mor ddefnyddiol i Colin Caine, sy'n rhedeg fflyd o dacsis yn y dre. Yn ôl Colin, 'sen i'n tynnu *selfie* 'sen i ddim yn y llun.

Ro'n i wedi gweithio iddo ers imi basio'r prawf gyrru tacsis pan o'n i'n un ar hugain, bron i flwyddyn yn ôl bellach. Ro'dd y gwaith, yn bennaf, yn golygu cludo hen fenywod a'u bagiau tartan o'r stadau tai ar gyrion y dref i'r archfarchnadoedd a chludo myfyrwyr diog i fyny ac i lawr y rhiw i'r brifysgol. Ond ro'dd un elfen arall yn perthyn i'r swydd.

Ro'n i'n gwerthu cyffuriau.

Fel ddywedodd Colin wrtha i pan o'n i'n eistedd gyferbyn ag ef yn ei swyddfa yn fuan ar ôl imi gael y swydd y llynedd,

'Gwranda. Mae dy fam yn cymryd cyffuriau oherwydd ei chyflwr ac ro'n i'n gorfod cymryd cyffuriau am fisoedd pan ges i *sciatica* llynedd. Mae pawb yn cymryd cyffuriau, ychan.'

''Wy ddim, ac mae'r rhai rwyt ti'n eu gwerthu'n anghyfreithlon.'

Dyna ddyliwn i fod wedi'i ddweud. Ond rwy'n gwybod beth sydd orau imi. Er bod Colin yn edrych fel brawd tew Jabba the Hut mae ganddo enw am fod yn dreisgar iawn. Roedd e'n gyflym iawn gyda'i ddyrnau pan o'dd e'n ifancach yn ôl y sôn, a bu'n rhaid iddo dreulio cyfnod yn yr Airbnb 'na i droseddwyr ar Ffordd Oystermouth, Abertawe, fwy nag unwaith yn ei ugeiniau cynnar. Ond nawr, ugain mlynedd yn ddiweddarach, er ei fod e wedi magu pwysau ro'n i a'r gyrwyr eraill yn ei ofni drwy'n tinau. Y bwlis sydd berchen y byd. Dyna pam mai Colin sy'n gwneud ffortiwn yn gwerthu cyffuriau a dyna pam na ddywedais i'r un gair i'w gynhyrfu.

'Mae hwn yn gyfle iti ysgwyddo mwy o gyfrifoldeb. Meddylia amdano fel promoshon. Wedi'r cyfan mae angen yr arian ychwanegol arnat ti, on'does, yn enwedig ar ôl beth ddigwyddodd i dy fam,' meddai Colin.

Doedd dim angen imi gyfiawnhau fy mhenderfyniad i ddosbarthu cyffuriau i drigolion stadau'r dre felly, oherwydd – yn ôl Colin – ro'n i'n cyflawni gwaith cymdeithasol pwysig. Does neb yn gorfodi pobl i gymryd cyffuriau, nagoes? Ac fel wedodd Colin, mae cyffuriau, fel y pitsas a'r Coca-Cola y mae ynte'n byw arnyn nhw'n bennaf, yn gwneud pobl yn hapus. A phwy ydw i i ddadlau 'da 'ny? Iach yw croen pob cachgi. Dim ond ateb y galw o'n i. Arian da. Dyddiau hapus, neu o leia, dyddiau dedwydd.

* * *

Ond fe ddigwyddodd rhywbeth erchyll.

Mi achubais i fywyd.

Ro'n i wedi parcio yn y rheng dacsis ger gorsaf drenau a bysiau'r dre ar ôl y dosbarthiad prynhawn arferol ar stad dai Haulfryn. Y bwriad oedd croesi'r ffordd i brynu *latte* cyn dychwelyd i'r tacsi a chodi cyflenwad o gyffuriau ar gyfer fy nghyswllt yng nghartref hen bobl Afallon.

Rwy'n beio'r bioden welais i'r bore hwnnw.

Rwyf bob amser yn codi fy llaw dde a saliwtio pan fydda i'n gweld pioden, gan ddweud 'Morning, General' fel roedd fy nhad-cu'n ei wneud, yn ôl Mam. Ond wnaeth hynny ddim llawer o les iddo. Bu farw yn ei chwedegau cynnar flynyddoedd cyn i mi gael fy ngeni.

Ro'n i wedi cyrraedd y groesfan pan welais i'r bioden. Ro'n i ar fin codi fy llaw dde i'w chyfarch pan welais fenyw gyda dau o blant yn croesi'r ffordd brysur o flaen yr orsaf.

Doedd y fam ddim wedi sylwi bod un o'r plant wedi llithro o'i gafael ac wedi cwympo ar ganol y groesfan, am fod y llall yn strancio. Sylwais hefyd fod y golau wedi newid o goch i wyrdd a bod car yn nesáu gyda'r gyrrwr yn siarad ar ei ffôn symudol. Rhedais o flaen y car a gwthio'r plentyn o'r ffordd cyn i bopeth fynd yn ddu.

Des ataf fy hun eiliadau'n ddiweddarach a gweld nifer o bobl yn edrych i lawr arna i, gan gynnwys mam y plentyn.

'Ydw i'n iawn?' gofynnais gan deimlo poen yn lledu ar draws f'ysgwydd.

'Ydy. Mae e'n iawn,' atebodd y fam gan afael yn dynn yn y bachgen bach.

'Beth ddwedodd e?' clywais rywun yn gofyn uwchben sgrechiadau'r plentyn.

'Mi ofynnodd e, "Ydy e'n iawn?" Mae e'n arwr. Yn gofyn am y plentyn yn hytrach na phoeni amdano'i hun,' meddai rhywun arall.

'Ry'ch chi wedi achub ei fywyd e. Diolch. Diolch. Diolch,' meddai'r fam cyn i bopeth fynd yn ddu unwaith eto.

Dihunais yn yr ysbyty – neu, i fod yn fanwl gywir, mewn ambiwlans y tu fas i'r ysbyty. Dair awr yn ddiweddarach daeth meddyg ifanc i mewn i'r ambiwlans a fflachio tortsh yn fy llygaid cyn dweud y byddai'n syniad da petaen nhw'n fy nghadw i mewn dros nos am fy mod i'n dioddef o *concussion*.

'Ry'ch chi wedi bod yn ffodus iawn. Mae'ch ysgwydd chi wedi'i chleisio'n wael ond dy'ch chi ddim wedi torri unrhyw asgwrn yn ôl pob golwg,' meddai.

'Pryd fydda i'n gallu gyrru eto?' gofynnais, gan wybod y byddai Colin Caine yn benwan petai unrhyw beth yn amharu ar ei drefn ddosbarthu ddyddiol.

'Ymhen diwrnod neu ddau... os oes raid.'

Ffoniais Colin o'm troli y tu allan i'r adran A&E tra o'n i'n aros am wely, gan ddweud 'mod i wedi baglu wrth groesi'r ffordd a brifo fy ysgwydd. Ar ôl i hwnnw daranu a rhegi am funud neu ddwy ychwanegais y bydden i'n ôl yn y gwaith ben bore wedyn. Penderfynais beidio â sôn am achub bywyd y plentyn.

Awr yn ddiweddarach roedd plismon yn eistedd ger fy nhroli yn fy holi am y digwyddiad. Adroddais bopeth ro'n i'n ei gofio cyn iddo gau ei lyfr nodiadau yn glep. Dywedodd y glas fod y gyrrwr wedi cyfaddef ei fod ar y ffôn tra oedd e wrth y llyw ac na fyddai'n rhaid imi roi tystiolaeth yn y llys. Teimlais ryddhad o glywed hynny gan na fyddai'n rhaid i Colin gael gwybod am y digwyddiad.

''Sen i'n synnu dim y cewch chi wobr am ddewrder,' meddai'r heddwas, cyn codi a'm gadael yn gorwedd ar y troli.

* * *

'A 'na pam mae dy fab yn arwr,' dywedais wrth Mam drannoeth. Tynnais ddalen o Kleenex o'r bocs oedd ar y bwrdd o'i blaen a sychu ochr chwith ei cheg.

Rwy'n gwybod nad yw hi'n deall beth rwy'n ei ddweud wrthi. Ond rwy'n esgus ei bod hi'n llyncu pob gair wrth imi adrodd fy hanes... wel, y rhan fwyaf o'm hanes, yn ddyddiol. Rwyf wedi ymweld â hi bob dydd ers iddi orfod mynd i'r cartref nyrsio chwe mis yn ôl yn dilyn ei thrydedd strôc.

Fe gafodd hi'r un gyntaf dair blynedd a hanner yn ôl. Dim ond pedwar deg pump oedd hi ar y pryd, ac ro'n i newydd ddechrau gweithio fel cogydd yng nghartref henoed Afallon ar ôl pasio cwrs coginio proffesiynol yn y Coleg Addysg Bellach lleol.

Roedd Mam yn gwneud dwy swydd lanhau a shifftiau yn Morrisons er mwyn cynnal y ddau ohonon ni pan o'n i'n blentyn. Sai'n gwbod pwy yw fy nhad. Canlyniad noson feddw rhwng Mam a myfyriwr na welodd hi erioed mohono eto ydw i, ac ni ddangosodd yr un dyn arall ddiddordeb ynddi wedi hynny. Mae gan Mam, fel fi, y math o wyneb nad oes neb yn edrych ddwywaith arno. Treuliodd ei bywyd yn ceisio'n cynnal ni'n dau, a does dim dwywaith mai'r holl flynyddoedd hynny o waith caled a gofid a achosodd ei salwch. Mantra Mam oedd 'Dweud dim, nabod neb. Ddaw dim daioni o glymu dy hun i neb.' Ond dyw llinyn y bogel ddim yn torri'n hawdd.

Mi wnes i 'ngore i'w helpu i wella o'r strôc gyntaf drwy goginio prydau iachus iddi a'i hannog i gerdded eto 'da ffon. Ond yn dilyn yr ail strôc flwyddyn yn ddiweddarach sylweddolais na allwn i weithio'n llawn amser ac edrych ar ei hôl hi tra oedd hi'n gwella. Dyna pryd gefais i'r syniad o fod yn yrrwr tacsis. Gallwn roi Mam yn y gwely ar ôl *Pobol y Cwm* am hanner awr wedi wyth cyn gweithio shifft nos tan oriau mân y bore.

Ond pan gafodd hi'r drydedd strôc chwe mis yn ôl bu'n rhaid iddi gael gofal dwys mewn cartref, a doedd fawr o obaith iddi wella rhagor. A dyna pryd dderbyniais i gynnig Colin Caine i weithio shifftiau dydd yn ogystal â'r nos. Pan gynigiodd gyflog sylweddol ychwanegol imi i werthu cyffuriau, wel, sut allwn ei wrthod?

Ro'n i wedi gorfod symud mas o'n cartref wedi i Mam fynd i'r cartref gofal. Yn ôl swyddog y Gymdeithas Dai, am nad o'n i'n ofalwr rhagor, do'n i ddim yn 'flaenoriaeth' ac roedd angen y lle ar gyfer pobl gyda mwy o anghenion.

Penderfynais werthu'r dodrefn hefyd pry'ny am

na fyddai lle iddynt yn fy nghartref newydd, sef ystafell bedsit uwchben tafarn yng nghanol y dref. Doedd hynny'n fawr o jobyn am fod Mam wedi gorfod gwerthu'r rhan fwyaf o'r hen ddodrefn a'r ychydig ddarnau a etifeddodd gan ei rhieni dros y blynyddoedd i gadw'r blaidd o'r drws. Doedd gen i ddim diddordeb yn y jygiau hyll di-ri, y platiau *willow pattern* na'r seld, oedd yn dda i ddim ond fel lle i gadw fy hen gemau fideo. Doedd y pethau hyn yn golygu dim imi am fod fy mam-gu, fel fy nhad-cu, wedi hen fynd cyn imi ddod i'r byd 'ma.

Ffarweliais â Mam yna mynd i'r toiled cyn gadael y cartref. Yno, roedd y gweithiwr oedd yn derbyn y cyflenwad o gyffuriau ar gyfer aelodau staff y cartref yn aros amdanaf yn un o'r ciwbiclau. Rhoddais y cyffuriau iddo, cymryd yr arian, gadael yr adeilad a neidio mewn i'r tacsi.

* * *

Fis yn ddiweddarach daeth llythyr drwy'r post yn dweud 'mod i wedi ennill Medal Efydd y Gymdeithas Drugarog Frenhinol, ac y bydden i'n derbyn y wobr maes o law. Wrth gwrs, cafodd y wasg leol wybod am y wobr ac mae'n rhaid imi gyfadde fod yr holl sylw wedi mynd i 'mhen i. Cysylltodd un o newyddiadurwyr y papur lleol â mi i drefnu 'cyfle ffoto' y tu allan i gartref y teulu diolchgar.

Ond doedd y teulu ddim i'w gweld yn ddiolchgar iawn pan barciais y tacsi tu allan i'w cartref drannoeth – tŷ tri llawr gyda lawnt o'i flaen wedi'i amgylchynu â choed pinwydd, a safai mewn rhes o hanner dwsin o dai tebyg mewn ardal foethus ar gyrion y dref. Roedd y bachgen a achubais, sef Toby, yn sefyll gyda'i chwaer, Leanne, a'i rieni, Jeff a Miriam, y tu allan i'r tŷ, o flaen dyn ifanc oedd yn dal camera.

'Sori fy mod i braidd yn hwyr. Un o'r cwsmeriaid yn pallu stopio clebran,' eglurais.

Sylwais fod Jeff yn syllu ar y tacsi.

'Ydych chi'n gweithio i Colin Caine?' gofynnodd yn sych, ar ôl cyflwyno'i hun a'i deulu, ac amneidio at y cerbyd gyda 'Colin Caine Cabs' wedi'i ysgrifennu arno.

'Am fy mhechodau, ydw,' atebais.

Amneidiodd Jeff â'i ben a siglo fy llaw yn ffurfiol, yna trodd at y ffotograffydd a mwmial fod amser yn brin am fod gan y plant wers nofio.

Mae'r stori a'r llun o'r papur yn dal gen i yn fy waled. Rwy'n gwenu yn y llun ac yn dal Toby, y bachgen pedair oed, yn fy mreichiau, gyda'i rieni a'i chwaer yn sefyll o'm hamgylch, hefyd yn wên o glust i glust.

Ond ar y diwrnod, ar ôl i'r ffotograffydd orffen, diflannodd pob gwên. Trodd Jeff ar ei sawdl a thywys y plant yn ôl i'r tŷ. Do'n i ddim wedi disgwyl bod yn ffrindiau mynwesol â'r teulu, ond mi fyddai gwahoddiad i gael can o lager a chyfle i ymfalchïo yn fy newrder am ychydig wedi dangos rhyw fath o gwrteisi ar eu rhan. Ond na. Diflannodd Jeff a'r plant cyn imi gael cyfle i yngan gair.

Mae'n rhaid bod Miriam wedi gweld y ffotograffydd yn codi'i aeliau. 'Os allwn ni wneud unrhyw beth ichi, cofiwch ofyn,' meddai'n frysiog, cyn iddi hithau hefyd ruthro i ddiogelwch ei chartref.

Ffarweliais â'r ffotograffydd, a ddywedodd y byddai'r llun yn ymddangos yn rhifyn nesaf y papur wythnosol ymhen tridiau. Diolchais iddo a neidio i mewn i'r tacsi i godi cyflenwad o gyffuriau i'w dosbarthu ar stad dai Bryngolau ar ochr ddeheuol y dref.

Prynais sawl copi o'r papur newydd yr wythnos honno. Dangosais y llun i Mam a darllen yr erthygl yn uchel iddi, cyn arllwys basned o *bisque* o'r fflasg. Rwy'n mynd â rhywbeth bach i Mam ei fwyta bob tro rwy'n ymweld â hi yn y cartref. Ymdrech bitw i gadw rhyw gysylltiad â'r gorffennol. Dechreuais ei bwydo, gan raffu celwyddau am y teulu a pha mor ddiolchgar oedden nhw fy mod wedi achub bywyd Toby.

Bisque yw hoff bryd Mam ers imi ddechrau paratoi bwyd inni'n dau pan o'n i ddeg oed. Roedd hi mor brysur bob amser, felly penderfynais ei helpu drwy wneud swper blasus iddi bob nos ar ôl iddi orffen ei gwaith glanhau a chyn iddi adael y tŷ i weithio shifft yn Morrisons. Am fod Mam yn gweithio mor galed ro'n i'n treulio rhannau helaeth o'r nosweithiau ar ôl ysgol ar ben fy hun, gan ddifyrru fy hun drwy wylio'r rhaglenni coginio di-ri oedd ar y teledu, o *Masterchef* i *Come Dine with Me*. Y rhaglenni hynny oedd yn fy ysgogi i greu prydau bwyd arbennig i Mam. Taniwyd fy niddordeb mewn coginio, ac o leiaf roedd y bwyd ro'n ni'n ei fwyta yn eitha moethus.

Ond nid oedd Mam yn cael llawer o flas ar y *bisque* y diwrnod hwnnw. Ar ôl cymryd ambell lwyaid, gwrthododd agor ei cheg. Blasais y swp fy hun. Efallai fy mod i wedi ychwanegu gormod o halen.

*   *   *

'Pam na ddywedaist ti wrtha i am hyn?' taranodd Colin Caine yn ei swyddfa fore trannoeth, gan ddal copi o'r papur lleol o'i flaen.

'Sai'n gwybod. Do'n i ddim yn sylweddoli y byddai pobl yn gwneud gymaint o ffys,' meddwn.

'Dyma'r peth olaf dwi angen ar ôl y gyflafan yr wythnos diwethaf,' ochneidiodd Colin gan godi darn o bitsa a'i roi yn ei geg, cyn llyncu stribyn hir o gaws wedi toddi fel llyffant yn dal pryfyn.

'Pa gyflafan?'

'Ble wyt ti'n byw? Y bleidlais blydi Brexit ddydd Iau diwethaf.'

'O, hynna. Dwi'n clywed bod Boris wedi rhoi llygad ddu i Cameron. Go lew, Boris,' meddwn.

Does gen i ddim diddordeb mewn gwleidyddiaeth fel arfer, ac erioed wedi ffwdanu pleidleisio. Wedi'r cyfan, pam ddylwn i dalu unrhyw sylw i system sy'n fy anwybyddu'n llwyr? Serch hynny, ro'n i'n hapus fod carfan yr anweledig wedi ymuno â charfanau eraill i roi cic go sylweddol yng ngheilliau'r rhai sy'n llywodraethu. Ond fydd dim byd yn newid, wrth gwrs, i bobl fel fi.

'Go lew Boris? Go lew Boris?!' taranodd Colin gan daflu darn o bitsa yn ôl i'r bocs. 'Wyt ti'n sylweddoli beth fydd yn digwydd pan fyddwn ni'n gadael yr Undeb Ewropeaidd? Bydd angen mwy o waith papur ar gyfer nwyddau sy'n dod i Brydain o'r cyfandir, sy'n golygu mwy o archwilio lorris a cheir sy'n cludo cyffuriau o lefydd fel Amsterdam, Marseille a Lisbon.'

'O'n i ddim wedi meddwl am hynny,' atebais yn benisel.

Ysgyrnygodd Colin cyn codi'r darn o bitsa eto a'i gnoi'n araf am ychydig eiliadau.

'Pryd mae'r seremoni wobrwyo 'ma'n cael ei chynnal?' gofynnodd, ar ôl cymryd llwnc hir o'i botel Diet Coke.

'Nos Iau. Rwy'n credu y bydd y Prif Gwnstabl yno, a chynrychiolwyr o'r Gymdeithas Drugarog Frenhinol. Mae hanner dwsin ohonon ni'n derbyn medal efydd. Wyt ti'n cofio'r boi neidiodd mewn i'r môr i achub y ferch 'na gaeaf diwetha yn y Cei... a'r fenyw achubodd ei chymydog anabl pan aeth ei gartref yn Felin-fach ar dân?' gofynnais. Edrychodd Colin arna i'n gegagored.

'Wyt ti'n gall? Y Prif Gwnstabl?!' taranodd eto, cyn roi darn arall o bitsa yn ei geg. Sylwais fod y pitsa wedi'i or-bobi. Y tric gyda pitsas crwstyn tenau yw rhewi'r toes am ddeuddydd cyn ei dylino nes ei fod dros ddwywaith ei faint gwreiddiol.

'Mae croeso iti ddod i'r seremoni Col. Mae 'na sôn am lasied o win a *nibbles*, gan gynnwys tafelli o bitsa…'

'Anghofia am bitsas. Dyw pitsas ddim yn bwysig. Wyt ti wedi anghofio pa fusnes ry'n ni ynddo?' gwaeddodd Colin, cyn rhoi darn arall o bitsa yn ei geg a'i gnoi'n gyflym y tro hwn.

'Nac'dw. Ry'n ni'n dosbarthu cyffuriau ar hyd a lled y dre. Côc, sbîd, dôp, H a mwy,' atebais.

'Da iawn… ac rwyt ti'n mynd i hobnobio gydag uwch-swyddogion y glas…'

'Ydw, ond… mi all hyn weithio'n dda i ni. Taflu llwch i'w llygaid nhw…'

'Na. Na. Na. Gwranda. Y rheswm dwi wedi dy dalu di'n dda am dy wasanaeth yw am nad oes gen ti foesau… ac yn bwysicach fyth, am dy fod ti'n foi anhysbys. Does neb yn sylwi arnat ti… does neb yn dy gofio di… does gen ti ddim byd diddorol i'w ddweud… does neb yn becso dam amdanat ti… rwyt ti'n berffaith ar gyfer cludo cyffuriau oherwydd does neb yn sylwi dy fod ti'n gwneud hynny. Yn fyr, dwyt… ti'n… neb.'

'Diolch,' atebais yn ansicr.

'… ond o hyn ymlaen bydd y glas yn gwybod pwy wyt ti, ac yn dechrau sylwi dy fod ti'n mynd i stad Haulfryn am ddeg bob bore a stad Bryngolau am ddau bob prynhawn. Dwyt ti'n dda i ddim i mi rhagor. A phaid â meddwl am ddial arna i oherwydd dwi'n nabod pobl fyddai'n anhapus iawn dy fod ti'n ffrindie 'da'r heddlu. Mas â ti.'

*   *   *

A dyna ni.

Cefais daliad olaf o bum can punt gan Colin i gau fy ngheg cyn seinio mlaen y dydd Llun canlynol. Ond ro'n i'n rhy brysur i chwilio am waith yr wythnos honno am fod angen imi baratoi ar gyfer seremoni wobrwyo'r Gymdeithas Drugarog Frenhinol yng ngwesty Llety Nos ar gyrion y dref nos Iau.

Ar y noson, penderfynais gerdded y ddwy filltir o'm bedsit yng nghanol y dref yn hytrach na thalu am fws, gan wybod na fyddai'r ychydig gannoedd oedd gen i yn fy nghyfrif banc yn para'n hir ar ôl talu fy rhent. Ro'n i eisoes wedi gwario bron i ugain punt ar drowsus du, dici-bow du, crys gwyn a chôt ddu yn un o siopau elusen y dref y diwrnod cynt. Rhegais dan fy ngwynt, felly, pan ddechreuodd hi arllwys y glaw yn fuan ar ôl imi ddechrau cerdded.

Erbyn imi gyrraedd gwesty Llety Nos hanner awr

cyn i'r digwyddiad ddechrau ro'n i'n wlyb stecs o'm corun i'm sawdl. Yn sefyll wrth ddrws yr ystafell gynadledda roedd dyn tal, moel, cefnsyth yn dal clipfwrdd.

Cyflwynais fy hun gan ychwanegu, 'Rwy'n un o'r arwyr er fy mod i'n edrych yn debycach i rywun sydd newydd gael ei achub o'r môr.'

Edrychodd y dyn arna i yn swrth am ennyd cyn iddo ddod o hyd i fy enw ar ei restr ac edrych dros fy ysgwydd.

'Oes unrhyw aelodau o'ch teulu wedi dod gyda chi?'

'Na. Dim ond Mam sydd gen i ac mae hi'n glaf mewn cartref, felly dim ond fi sydd yma... o, heblaw am y bobl a f'enwebodd i... teulu Toby, y bachgen achubais i. Ydyn nhw yma eto?' gofynnais, gan edrych dros ysgwydd y dyn a gweld nad oedd llawer o bobl wedi cyrraedd hyd yn hyn.

Edrychodd y dyn ar ei glipfwrdd cyn codi ei ben. 'Yn anffodus dy'n nhw ddim yn gallu dod heno. Cawsom alwad ffôn yn gynharach heddiw i ddweud fod y plant yn dioddef o'r ffliw.'

'O! Digon teg,' dywedais.

'Ta beth, nid y teulu a'ch enwebodd chi,' meddai'r dyn, gan edrych ar ei glipfwrdd unwaith eto.

'Na?'

'Na. Mi gawsoch chi'ch enwebu gan un oedd yn dyst i'ch gwrhydri ar y groesfan. Mrs Jean McGovern o Lerpwl, oedd ar ei gwyliau yn y dref. Yn anffodus, dyw hi ddim yn teimlo'n ddigon hwylus i deithio'r holl ffordd o Lerpwl.'

'O! Digon teg,' atebais eto, gan sylweddoli pam roedd Jeff, tad Toby, mor sych 'da fi pan dynnwyd y llun. Mae'n amlwg ei fod yn llawn embaras nad ef a'i wraig oedd wedi f'enwebu.

'Mae bwrdd gyda'ch enw arno wedi'i osod yn barod ar eich cyfer,' meddai'r dyn gan agor drws yr ystafell gynadledda imi gael mynd i mewn.

Roedd yr ystafell wedi'i haddurno â goleuadau bach porffor a melyn oedd yn crogi uwchben deg o fyrddau mawr crwn, gyda deg cadair o amgylch pob un, yn wynebu llwyfan bach. Crogai baner uniaith Saesneg uwchben y llwyfan yn dweud 'Gwobrau Medal Efydd Cymdeithas Drugarog Frenhinol Canolbarth Cymru' mewn llythrennau bras.

Roedd yr ystafell yn wag heblaw am ffotograffydd oedd yn siarad gyda'r dyn oedd yn gyfrifol am y system sain yn un cornel. Yng nghefn yr ystafell roedd bar hir gyda dyn a merch yn sefyll y tu ôl iddo yn barod i weini. Cerddais o amgylch y byrddau yn edrych ar y cardiau 'da enw ar bob un. Bwrdd David Williams, Bwrdd Gareth Jones, ac yn y blaen, nes imi gyrraedd bwrdd bach sgwâr yng nghefn yr ystafell gyda f'enw i arno ac un gadair wrth ei ymyl. Eisteddais, wrth i'r ferch oedd tu ôl i'r bar gerdded heibio gyda llond llaw o wydrau i'w rhoi ar y byrddau.

'O! Oes gwin a *nibbles*?' gofynnais iddi.

'Dim ond os ydych chi'n talu amdanyn nhw,' atebodd hithau'n swta gan anelu at un o'r byrddau mawr crwn. Erbyn hyn roedd yr ystafell yn dechrau llenwi.

Ymhen hir a hwyr roedd pob bwrdd yn llawn. Yna trowyd y goleuadau i lawr a chamodd y dyn gyda'r clipfwrdd ar y llwyfan i gyflwyno dyn arall, oedd yn ddyn tywydd adnabyddus ar y teledu yn ôl pob sôn. Ar ôl i hwnnw ddweud hanner dwsin o jôcs gwael am y tywydd a newid hinsawdd, aeth ymlaen i sôn amdana i'n achub bywyd Toby, cyn fy ngwahodd i'r llwyfan.

Am unwaith yn fy mywyd doeddwn i ddim yn anweledig ac ro'n i am wneud yn fawr o hynny. Codais a chamu'n araf at y llwyfan. Yno, ysgydwais law'r sylwebydd tywydd, a'r dyn moel, oedd erbyn hyn yn gafael mewn tystysgrif yn hytrach na chlipfwrdd. Rhoddodd y dystysgrif, oedd wedi'i harwyddo gan lywydd y gymdeithas, y Dywysoges Alexandra, yn fy llaw. Troais ac ysgwyd llaw'r Prif Gwnstabl, a roddodd ruban y fedal dros fy mhen a dweud 'llongyfarchiadau.' Safais yno'n gwenu wrth i'r ffotograffydd dynnu fy llun, yn gwisgo fy medal, yn dal fy nhystysgrif ac yn sefyll ysgwydd yn ysgwydd â'r Prif Gwnstabl. Yna gafaelodd y dyn moel yn fy mraich.

'Dyna ni. Llongyfarchiadau. Mi allwch chi ddychwelyd i'ch sedd nawr,' sibrydodd, gan roi hwb bach imi wrth imi fynd i lawr y grisiau a cherdded yn ôl at fy mwrdd.

A dyna ni. Dyna oedd hyd a lled yr ymfalchïo a'r gorfoleddu.

Treuliais yr hanner awr nesaf yn gwylio'r arwyr eraill yn mynd trwy'r un ddefod, gan gynnwys y fenyw a achubodd y dyn yn Felin-fach a'r boi a achubodd y ferch o'r môr. Derbyniodd tri phlismon wobr hefyd am wneud yr hyn maen nhw'n cael eu talu i'w wneud. Wedi i'r seremoni ddod i ben, dechreuodd y rhai oedd ger y byrddau o'm blaen ddathlu. Clywais rai o'r arwyr yn ymffrostio, a'r rhai a achubwyd ganddynt yn diolch dro ar ôl tro.

Eisteddais yno ar fy mhen fy hun fel pioden, yn

gafael yn dynn yn y dystysgrif a'r fedal. Darn o bapur a darn o fetel am achub bywyd, a siglo llaw dyn moel, a phlismon oedd ag arogl chwisgi ar ei anadl. Codais a gadael y gwesty. Yn y maes parcio roedd cynrychiolydd y gymdeithas yn cerdded tuag at ei gar.

'Does dim arian yn gysylltiedig â'r wobr oes e?' gofynnais iddo.

'Na. Mae'r gymdeithas o'r farn y byddai gwobrau ariannol yn bychanu gweithredoedd pobl ddewr fel chi,' atebodd.

Ond roedd hi'n amlwg, o edrych ar ei BMW, ei fod e'n gwneud yn olreit o'r holl beth.

'Oes llawer o fynd ar y medalau a'r tystysgrifau ar eBay 'te?' gofynnais. Edrychodd yn syn arna i am eiliad cyn siglo'i ben a chamu i mewn i'w fodur moethus.

Na yw'r ateb, achos mi edrychais ar eBay ar fy ffôn symudol wrth imi gerdded y ddwy filltir a hanner ar draws y dre i gartref Afallon, cyn i'r batri ddiffodd. Roedd yr holl ddigwyddiad wedi para llai nag awr a olygai fod amser imi ddangos y dystysgrif a'r fedal i Mam cyn iddyn nhw ei rhoi hi yn y gwely am y nos.

Gwyddwn fod rhywbeth o'i le ar unwaith pan

welais wyneb Jan, a oedd yn eistedd y tu ôl i'w desg yn nerbynfa Afallon.

'Mae'n flin iawn 'da fi. Mae hi wedi mynd... prin ugain munud yn ôl. Wnaethon ni dreial dy ffonio... dwi mor sori... ro'dd hi yn ei chadair yn ei hystafell. Strôc arall... wnaeth hi ddim dioddef... mae'r doctor newydd gyrraedd. Wyt ti am ei gweld hi?'

Safais yno'n gafael yn dynn yn y fedal gan amneidio â 'mhen i gytuno. Cysgais gyda'r fedal rhwng fy moch a'r gobennydd y noson honno. Am ryw reswm roedd teimlo'r metel oer ar fy moch yn rhyw fath o gysur.

*   *   *

'Sgen i ddim llawer o gof am yr wythnos ganlynol. Ro'dd Mam eisoes wedi gwneud y trefniadau ar gyfer ei hangladd ei hun tra oedd digon o egni ganddi yn y cyfnod ar ôl ei strôc gyntaf. Angladd cwbl breifat. Penderfyniad addas i fenyw oedd yn ymwneud cyn lleied ag y gallai â phobl.

O leia mi fyddai'n gorwedd yn dawel gyda'i rhieni nawr. Penderfynais ddilyn ei dymuniadau i'r gair. O leia doedd dim rhaid imi brynu dillad newydd am fod y dillad a brynais ar gyfer y seremoni wobrwyo hefyd yn addas ar gyfer angladd. Dim ond fi felly a safai o flaen y ficer wrth i'r ymgymerwyr ollwng yr arch i'r bedd ym mynwent Llanbadarn Fawr. Ddwy funud yn ddiweddarach roedden nhw a'r ficer wedi siglo fy llaw cyn cerdded yn gyflym at eu ceir.

Safais yno'n meddwl am Mam. Gwyddwn mai'r amserau hapusaf a gawson ni'n dau oedd y prydau bwyd ro'n i'n eu paratoi ar ei chyfer bob nos rhwng ei shifft glanhau swyddfeydd a'i shifft hwyr yn Morrisons.

Cofiais sut y bu i aeliau'r dietegydd godi at dop ei thalcen pan ddwedais wrthi pa fath o fwyd ro'n i wedi'i goginio i Mam dros y blynyddoedd, yn ystod fy sgwrs gyda hi pan oedd Mam yn gwella ar ôl ei strôc gyntaf.

'Neithiwr, er enghraifft, gafodd hi *lemon sole* wedi'i ffrio mewn menyn, saws *béchamel*, sbigoglys a thatws *sauté*,' dywedais.

'Bwyta fel brenhines,' meddai Mam drwy ochr ei cheg gan wenu'n falch.

Aeth y dietegydd â mi i un ochr gan esbonio bod bwyd o'r fath, oedd yn cynnwys cymaint o hufen, menyn a braster, yn andwyol i iechyd Mam.

'Sut oeddech chi'n gallu fforddio prydau mor foethus?' gofynnodd y dietegydd.

'Roedd Mam yn prynu'r bwyd yn rhad o Morrisons pan oedd y dyddiad arno bron â dod i ben,' esboniais. 'Ro'dd hi'n gweithio mor galed ro'n i'n meddwl ei bod hi'n haeddu trît bob nos.'

Awgrymodd y dietegydd fy mod i'n grilio'r pysgodyn ac yn stemio'r llysiau yn y dyfodol, ac yn rhoi'r gorau i ddefnyddio hufen a menyn er mwyn ceisio gostwng lefelau colesterol Mam. Ond roedd y niwed i'w hiechyd eisoes wedi'i wneud.

Yn sydyn gwelais fod rhywun wedi ymuno â mi ger y bedd. Troais a gweld menyw ganol oed yn gwenu'n wan arna i.

'Mae'n flin gen i darfu arnoch chi. Dwi ychydig yn gynnar ar gyfer angladd arall... ac mi welais i chi'n sefyll ar eich pen eich hun,' meddai.

Cyn imi feddwl ddwywaith, dywedais, 'Rwy'n credu mai fi sy'n gyfrifol am farwolaeth Mam.'

Safodd y fenyw yno'n gwrando arna i'n adrodd yr hanes â'r dagrau'n llifo i lawr fy mochau.

'Fy machgen annwyl i, mae pobl yn gwneud pethau llawer gwaeth yn enw cariad na bod yn *feeder*. Mae bron pawb yn beio'u hunain am rywbeth pan maen nhw'n colli perthynas agos.

Mae'n rhan o'r broses alaru. Nawr, 'te. Dim mwy o'r llefain 'ma. Mi fyddai dy fam am iti fyw dy fywyd a'i gwneud hi'n falch ohonot ti. Rwyt ti'n ffodus. Mi ddylet ti fod yn ddiolchgar fod gen ti achos i alaru. Mae rhai pobl yn falch o weld rhiant yn mynd,' meddai.

Gwelais fod dagrau'n cronni yn ei llygaid hithau hefyd wrth iddi ffarwelio â mi a cherdded i ben pella'r fynwent i ymuno ag angladd arall.

Penderfynais ddilyn cyngor y fenyw. Pam lai? Roedd hwn yn gyfle imi ddechrau o'r newydd ac ailafael yn fy ngyrfa fel cogydd. Wedi'r cyfan, ro'n i wedi cael fy ngwobrwyo am fod yn arwr. Byddai rhywun yn siŵr o roi cyfle imi. Cerddais adre a gwthio'r fedal a'r dystysgrif wrth ochr fy nghyllyll cogydd dan fy mhans yn nrôr isaf y cwpwrdd dillad.

*   *   *

Roedd angen sawl pâr o'r pans hynny arna i bythefnos yn ddiweddarach pan glywais fod Colin Caine a phedwar o'i yrwyr wedi'u harestio am gyflenwi cyffuriau, yn dilyn cyrch gan yr heddlu. Do'n i ddim wedi dweud gair wrth neb am fusnes anghyfreithlon Colin ond ro'n i'n ofni y byddai'n amau fy mod i wedi dial arno drwy siarad â'r heddlu.

Ond clywais beth oedd wedi digwydd gan yrrwr tacsi oedd yn gweithio i gwmni arall. Ro'dd y gyrrwr a gymerodd fy lle i wrthi'n dosbarthu cyffuriau mewn *people carrier* ar un o'r stadau pan oedd dau heddwas yn ymweld ag un o'r trigolion. Fyddai'r heddweision ddim wedi sylwi bod unrhyw beth o'i le oni bai bod y gyrrwr wedi gadael y drws llithr ar ochr y cerbyd ar agor tra oedd yn delio â'r cwsmer. Yn anffodus i'r ddau ohononyn nhw, roedd hynny'n golygu bod rhan o'r enw oedd ar ochr y cerbyd, sef Colin Caine Cabs, wedi'i orchuddio gan banel y drws. Pan welodd y cwsmer y geiriau oedd nawr ar y drws, sef CoCaine Cabs, a gweld y ddau heddwas yn edrych arno, cafodd fraw a dechrau rhedeg i ffwrdd.

Cafodd e a'r gyrrwr eu harestio ar ôl i'r glas weld bod gwerth cwpwl o filoedd o bunnoedd o gyffuriau mewn sach gerdded yn y cerbyd. Erbyn y bore roedd yr heddlu wedi darganfod gwerth dros £50,000 o gyffuriau yng nghuddfannau Colin Caine.

Mi fyddech chi'n meddwl 'mod i wedi bod yn lwcus, ond dy'ch chi ddim wedi'i deall hi o gwbl. Nawr bod Mam wedi mynd 'sen i wedi bod yn hapus dros ben petawn i wedi cael fy nal y diwrnod hwnnw yn hytrach na'r gyrrwr a gymerodd fy lle. Bydd hwnnw'n gorfod treulio hyd at ddwy flynedd yn y carchar. Digon teg. Mas ymhen naw mis. Ond meddyliwch am y parch fydd e'n ei gael gan ei gyfoedion ar ôl iddo gael ei ryddhau, heb sôn am y merched fydd yn taflu'u hunain ato. Allwch chi ddim prynu'r math 'na o barch. Roedd e'r diawl lwcus yn y carchar a minne ar y dôl yn gorfod chwilio am waith, *minimum wage* os o'n i'n lwcus.

Yn waeth, cefais lythyr gan y Swyddfa Waith. Am fy mod wedi cael y sac gan Colin Caine Cabs ro'n i'n colli fy nhaliadau budd-dal am dair wythnos ar ddeg. Ar ben hynny, roedd yr arian oedd gen i wrth gefn yn prysur ddiflannu.

Ches i ddim lwc yn chwilio am waith dros yr wythnosau canlynol chwaith. Mi ges i sawl cyfweliad ar gyfer swyddi mewn ceginau bwytai, archfarchnadoedd a siopau lleol. Ond bob tro, roedd o leiaf un o'r bobl oedd yn fy nghyfweld wedi gweld fy llun yn y papur newydd lleol.

Er bod y rhai oedd yn fy nghyfweld yn fy llongyfarch ar ennill y fedal, dechreuais sylweddoli nad oedden nhw am gyflogi arwr, oherwydd byddai hynny'n eu hatgoffa o'u bywydau aflwyddiannus pitw nhw'n ddyddiol. Des i'r casgliad nad oes neb am gyflogi rhywun sy'n fwy enwog, yn fwy talentog, neu, yn fy achos i, yn fwy moesol na nhw.

Hefyd, roedd nifer ohonyn nhw'n gwybod 'mod i'n arfer gweithio i Colin Caine. Mae'n bosib nad oedden nhw am gyflogi rhywun o'dd ag unrhyw gysylltiad â chyflenwr cyffuriau chwaith.

Ta beth, ymhen mis roedd fy nghynilion bron â diflannu.

Treuliais fy nyddiau yn cerdded o gwmpas y dref yn llawn hunandosturi, gan roi'r bai ar bawb arall am fy anffawd. Rhegais Colin Caine am gael gwared arna i. Rhinciais fy nannedd wrth feddwl am yr holl gyflogwyr oedd wedi fy ngwrthod. Ac yn fwy na dim, ceryddais fy hun am fod yn rhy wan i frwydro'n ôl. Ond sut allwn i dynnu fy hun allan o'r twll anferth ro'n i ynddo?

Yna, un prynhawn ar ddechrau mis Medi sylweddolais fod popeth wedi mynd ar gyfeiliorn ers imi achub y plentyn ar y groesffordd. Hefyd, cofiais eiriau mam Toby rai wythnosau ynghynt.

'Os allwn ni wneud unrhyw beth ichi, cofiwch ofyn.' Dyna ddywedodd Miriam.

Oedd, roedd gen i un ffynhonnell arall bosib a allai achub y sefyllfa. Am fod y teulu'n byw yn un o ardaloedd mwyaf llewyrchus y dref, ro'n i'n gobeithio y byddai Jeff a Miriam yn gallu cyfrannu'n hael at yr achos, pan gurais ar ddrws eu cartref y noson honno.

Jeff atebodd y drws.

'Ro'n i'n meddwl pryd fyddet *ti*'n troi lan,' meddai'n sych, cyn fy nhywys i ystafell fach i'r chwith o'r drws ffrynt.

'Eistedda,' meddai Jeff yn swta, gan bwyntio at gadair esmwyth yng nghornel yr ystafell. Gerllaw'r gadair roedd bwrdd bychan â nifer o luniau arno. Yn eu plith roedd llun o Jeff gyda'i rieni, yn ei wisg a'i het ysblennydd ar ei ddiwrnod graddio. Roedd silffoedd yn llawn llyfrau ar bob wal o'r ystafell a bwrdd gyda phentwr o ffeiliau arno wrth y ffenestr.

Eisteddais i lawr a gofyn a oedd y plant yn well.

'Beth?'

'Toby a Leanne. Roedden nhw'n dioddef o'r ffliw. Dyna pam na ddaethoch chi i'r seremoni wobrwyo,' dywedais, gan hoelio fy llygaid ar Jeff.

'O, ie. Wrth gwrs. Ydyn,' atebodd, heb wneud unrhyw ymdrech i ymddiheuro.

'Dywedodd eich gwraig, "os allwn ni neud unrhyw beth"...' dechreuais cyn i Jeff dorri ar fy nhraws.

'Do. Dwi'n gwybod,' meddai, gydag ochenaid a awgrymai fod Miriam wedi cael – o leia – lond ceg am fod mor dwp.

Esboniais beth oedd wedi digwydd ers imi achub bywyd Toby, gan ofyn i Jeff a fyddai'n fodlon rhoi benthyg arian imi nes 'mod i'n cael swydd. Agorodd ei waled, tynnu pum papur ugain allan a'u rhoi yn fy llaw.

'Does dim angen iti fy nhalu i'n ôl. Mi fydda i a Miriam wastad yn ddiolchgar am beth wnest ti,' meddai.

Ddim mor ddiolchgar â hynny, meddyliais, gan edrych ar y canpunt yn fy llaw.

'O'n i'n gobeithio falle byddech chi'n gallu rhoi benthyg tua phum cant imi. Dyw canpunt ddim yn mynd yn bell iawn y dyddie 'ma,' dywedais.

Gwgodd Jeff a phwyntio at ddrws yr ystafell.

'Cer â'r canpunt 'na, a cher o'ma'r broga. Dwi ddim am dy weld di 'ma eto neu mi gysyllta i â'r heddlu. Mae gen i berthynas dda 'da'r Prif Arolygydd,' meddai, gan godi ar ei draed a sefyll yn heriol drosta i.

Codais innau ar fy nhraed gan bwyso mlaen nes bod ein wynebau bron â chyffwrdd.

Digon yw digon, meddyliais. Digon yw digon.

Ro'n i wedi cael llond bola o fod yn neb a chael fy sathru dan draed pawb. Roedd hi'n hen bryd i rywun gymryd sylw ohona i.

'Os wyt ti am chware Top Trymps, pal, mae gen i berthynas dda 'da'r Prif Gwnstabl ei hun,' dywedais.

Chwarddodd Jeff yn fy wyneb.

'Dwi ddim yn credu bod siglo llaw 'da'r Prif Gwnstabl yn eich gwneud chi'n ffrindiau mynwesol,' meddai cyn troi i agor drws ei swyddfa. 'Dwi wedi gwneud fy ngwaith ymchwil arnat ti. O'n i'n gwybod taw rhacsyn o't ti pan weles i ti o'r blaen. Dwi'n hen gyfarwydd â thacle fel ti sy'n gwneud eu gorau glas i fanteisio ar anffawd pobl eraill.'

Wrth iddo sefyll ger y drws gwelais fod yr holl lyfrau yn y swyddfa tu ôl iddo'n ymwneud â'r gyfraith. Suddodd fy nghalon.

'Cyfreithiwr y'ch chi?'

'Ie. Dwi'n gwybod pwy wyt ti. Fuest ti'n lwcus iti bennu gweithio i Colin Caine pan wnest ti neu mi fyddet tithe'n wynebu cyfnod hir yn y carchar 'fyd. Nawr cer o'ma,' meddai, cyn fy nhaflu i mas o'r tŷ.

Treuliais y diwrnodau nesa'n pendroni sut mae arwr di-waith – ac mae'n rhaid i chi gyfadde 'mod i'n arwr – yn dod mas o dwll.

Yr ateb, wrth gwrs, yw drwy barhau i fod yn arwr. Roedd newyddiadurwr lleol wedi gwerthu'r stori wreiddiol am fy newrder i'r papurau cenedlaethol. Mae'n siŵr bod y diawl wedi gwneud tipyn o arian o'r stori a ymddangosodd yn y *Daily Mail* a'r *Sun*. 'Sen i'n gallu achub bywyd rhywun arall mi allen i werthu'r stori i'r papurau mawr yn Llundain fy hun.

Gallwn weld dyddiau hapus ar y gweill, neu o leia, dyddiau dedwydd.

*   *   *

'Fyddwn ni ddim yn dy gyhuddo di o ymosod y tro hwn oherwydd yr hyn wnest ti i achub bywyd y plentyn 'na,' meddai'r sarjant wrtha i yng ngorsaf yr heddlu wythnos yn ddiweddarach.

'Ond ro'n i'n meddwl bod y ceir yn mynd i daro'r bobl oedd yn croesi'r ffordd,' atebais.

'Mae'r dystiolaeth camerâu cylch cyfyng yn dangos yn glir dy fod ti wedi taclo pobl oedd yn croesi'r ffordd yn ddiangen,' atebodd y sarjant, cyn ychwanegu. 'Dere mla'n... pump mewn wythnos? Paid â gwneud e 'to neu mi fyddwn ni'n bendant yn dy erlyn y tro nesa.'

*   *   *

Bu'n rhaid imi adael y bedsit ar ddiwedd yr wythnos honno. Roedd fy holl arian wedi mynd. Diolch byth ei bod hi'n fis Medi a bod y nosweithiau'n dal yn fwyn, meddyliais, wrth imi osod fy mhabell ar dir comin ger traeth deheuol y dre. Roedd fy holl eiddo gen i: un sach gysgu, llond bag plastig o ddillad, fy nghyllyll cegin proffesiynol a'r fedal a'r dystysgrif. Ro'n i eisoes wedi gwerthu fy ffôn symudol i brynu'r babell.

Doedd gen i ddim mam, dim arian, dim swydd, dim dyfodol. Cerddais ar hyd strydoedd y dre nes imi gyrraedd y groesfan lle achubais fywyd Toby bedwar mis ynghynt.

Yn sydyn, meddyliais y byddai'n briodol petawn i'n gorffen y cwbl drwy gamu o flaen car ar yr un groesfan.

Dyna wnes i eiliad yn ddiweddarach, ac mi welais y sioc ar wyneb y gyrrwr cyn i'r car fy nharo.

A gwenais.

Ond cefais innau sioc pan deimlais rywun yn gafael yno' i a'm taflu o'r neilltu. Troais i weld dyn ifanc yn gorwedd wrth f'ochr, wrth i yrrwr y car a thwr o bobl eraill ymgasglu o'n cwmpas.

'Mi gerddodd e allan reit o 'mla'n i... ond mi achubodd hwn ei fywyd. Mae'n arwr,' meddai'r gyrrwr. 'Arwr, rwy'n dweud. Ydych chi'n iawn?'

Cododd y dyn ifanc ar ei draed gan wenu.

'Ydw... doedd e'n ddim byd... dwi'n hwyr,' meddai, gan ddechrau cerdded tuag at yr orsaf fysiau.

'Ble y'ch chi'n mynd... dewch 'nôl... dewch 'nôl...' gwaeddais. Ceisiais godi ar fy nhraed, cyn gwingo mewn poen wrth imi geisio rhoi pwysau ar fy migwrn.

Doedd gen i ddim syniad pwy oedd y dyn ifanc hwnnw a achubodd fy mywyd. A 'wy dal ddim yn gwybod, er imi gysylltu â'r papur lleol. Mi gytunon nhw i gyhoeddi apêl yn gofyn i'r dyn gysylltu am fy mod i wedi'i enwebu am fedal efydd y Gymdeithas Drugarog Genedlaethol.

'Wy ddim wedi clywed gair gan y diawl. Pam ddylai hwnnw ddianc rhag yr un ffawd â mi?

Ond o leia mae gen i reswm i fyw.

Er bod Mam wedi marw. Er 'mod i'n ddigartref. Er 'mod i'n ddi-waith. Rwy'n cadw llygad craff ar yr orsaf fysiau. Rwy'n eistedd y tu allan iddi o fore gwyn tan nos yn aros i'r dyn ifanc ddychwelyd.

Mae fy nghyllyll cogydd dal gen i.

A phan wela i e? Mi ladda i e.

Mae gen i ddyfodol. Mae gen i reswm i fyw.

Gwelais bioden ar ben to'r orsaf ddoe.

Ond cyn imi gael cyfle i godi fy mraich i'w

saliwtio, rwy'n siŵr iddi godi un o'i hadenydd a'm saliwtio i.

Memento Mari

Roeddwn i'n 63 oed ddydd Llun.

Gorffennais weithio yn y siop roeddwn wedi gwasanaethu'r cyhoedd ynddi ers deugain a phedair o flynyddoedd y dydd Sadwrn cynt. Y pumed ar hugain o Fehefin, 2016.

Wyddoch chi beth ges i ganddyn nhw?

Tocyn i'w wario yn y siop.

Gwerth chwe deg tri punt.

Chwe deg tri punt!

'Roedden ni'n meddwl bod hynny'n addas am eich bod yn bwrw oed ymddeol yr wythnos nesaf,' meddai'r rheolwraig, Georgia, yn Saesneg, fel rhan o'i haraith (fer iawn) i ddiolch imi am fy ngwasanaeth i gwmni WHSmith er 1972.

Edrychais ar y gweithwyr eraill, Mark, Lorna a Diane, wrth iddi barablu, gan wybod bod y tri ohonyn nhw'n gwybod beth roeddwn i'n ei wybod.

Chwe deg tri punt!

Cafodd Margaret James docyn gwerth naw deg punt a thanysgrifiad blwyddyn i gylchgrawn *Hello*...

(*two ninety nine* y rhifyn os gwelwch yn dda...) pan orffennodd hi y llynedd. Cwta saith mlynedd roedd hi wedi bod yn gweithio yn y siop. Fi drefnodd ei pharti ffarwelio ac mi gyfrannodd y cwmni... choeliwch chi fyth... hanner canpunt.

Does dim rhaid ichi fod yn fe, Stephen Hawking (*Brief History of Time*... un bunt ar bymtheg namyn ceiniog plis...) i wybod bod fy mhedwar cyd-weithiwr wedi cyfrannu tair punt ar ddeg rhyngddyn nhw ar fy nghyfer i.

Tair punt a phum ceiniog ar hugain yr un, wir i chi!

Pris rhifyn o *History Today* neu *Classic Tractors Monthly* ar ei ben.

Diolch yn fawr!

Cafodd Dada gloc a thancard piwter pan benderfynodd e ymddeol o'i waith gyda'r cyngor sir ym 1985. Roedd Dada'n llwyr ymwrthodwr, sy'n dweud y cwbl am ei gyd-weithwyr. Dim diddordeb. Mae'r cloc yn dal i weithio ond ei fod yn taro deuddeg ar yr awr bob awr.

Roedd Rheolwr Rhanbarthol WHSmith, Ryan, sai'n cofio'i gyfenw... (dauddegau canol... gwallt fel pêl-droediwr o'r wythdegau...) i fod yma'n cyflwyno'r tocyn i mi. Ond ffoniodd e toc cyn i'r siop gau nos Sadwrn i ddweud wrth Georgia bod 'na greisis yn y siop yn Llanidloes am fod pecyn o *Take a Break* a *Puzzle Monthly* wedi mynd ar goll.

Ddwedais i 'run gair.

Roedd pawb yn rhy brysur yn siarad am y bleidlais Brexit i roi sylw i mi. Pawb yn dweud eu bod wedi'u syfrdanu gan y canlyniad gan esgus wylofain a rhincian dannedd.

Ddwedais i 'run gair.

Wrth reswm, roeddwn i wedi pleidleisio dros adael yr Undeb Ewropeaidd. Fel roedd Dada'n dweud, does dim byd da wedi dod o unrhyw gysylltiad 'da Ewrop dros y canrifoedd. Pleidleisiodd Dada a minnau i aros allan o Ewrop yn y bleidlais yn 1975 ac roedd fy naliadau cyn gryfed ag erioed ddeugain mlynedd yn ddiweddarach.

Dechreuodd y seremoni ffarwelio cyn gynted ag y caeon ni'r drysau am hanner awr wedi pump. Bum munud yn ddiweddarach roedd pawb wedi sgrialu o 'na'n gyflymach nag Usain Bolt. (*Faster Than Lightning*. Ugain punt ar ei ben).

Roedd pawb yn rhy brysur i fynd am ddiod, medden nhw. Mae 'na sôn am fynd i dafarn Yr Hen Lew Du am bryd o fwyd rywbryd mis nesa ond rwy'n gwybod fydd 'na esgusodion. Fydd neb yn rhydd ar yr un noson, ac yn y blaen.

A dweud y gwir ro'n i'n ddigon hapus i ymddeol nawr cyn gynted ag yr oeddwn i'n gallu derbyn pensiwn y wladwriaeth. Mae pethau wedi newid cymaint dros y blynyddoedd diwethaf. Maen nhw hyd yn oed wedi gosod teclynnau hunanwasanaeth yn y siop yn weddol ddiweddar. Mae wedi bod yn siop siafins 'na ar adegau wrth i bobl geisio dygymod â'r dechnoleg newydd, gan gynnwys fi.

Mae'r man talu'n hanner wynebu'r stryd fawr ac rwy'n cofio mai siop lyfrau ail-law a chaffi hen ffasiwn – Milady's Boudoir; doilis ar y byrddau a phawb, gan gynnwys fi, oedd yn bedair ar bymtheg oed ar y pryd, yn 'syr' a 'madam' – oedd gyferbyn â'r siop pan ddechreuais weithio 'na yn 1972. Nail bar a siop *kebabs* sydd 'na erbyn hyn. Mae'r hen fyd 'ma wedi newid. Wrth gwrs fi, McNabs sydd... sori, *oedd*... yn gorfod golchi'r pafin o flaen y siop bob bore i gael gwared â chyfog, ac yn aml, gwaed, cwsmeriaid y siop *kebabs* o'r noson cynt.

Amser da i roi'r gorau iddi, rwy'n credu.

Ta beth, mae gen i fy mhensiwn, y tŷ a'r arian wnaeth Dada adael imi ar ôl iddo ymuno â'r côr anweledig. Mae 'na ddigon o waith i'w wneud yn yr ardd ac mae angen *spring clean* go dda ar y tŷ.

Ddylwn i roi fy nhraed lan am gyfnod. Dim gobeth. Rwy'n bwriadu teithio, yn eang.

Rwy'n codi am saith bob bore ac yn cael brecwast: wy tri munud a hanner a dau ddarn o dost brown, fel rwy wedi gwneud bob bore am dros ddeugain mlynedd. Ond does dim rhaid imi ddal y bws a theithio deng milltir i'r siop yn y dref rhagor.

Ddysgais i erioed sut i yrru. Roedd Dada'n credu'n gryf mewn cefnogi'r system drafnidiaeth gyhoeddus ac roedd hi'n ddigon cyfleus imi deithio i'r gwaith ar y bws. A nawr gallaf ddal y bws a mynd i ble bynnag y mynnaf, o fewn rheswm, a hynny heb dalu. Daeth y drwydded teithio am ddim drwy'r post dair blynedd yn ôl ac o hyn ymlaen fe fydd hi'n cael ei defnyddio i fynd yn llawer pellach na rhwng Lanrhystud ac Aberystwyth ddwywaith y dydd.

Rwy wedi lawrlwytho'r amserlen fysys yn barod.

Rwy wedi bod fel Rommel.

Pwy yw Rommel, rwy'n eich clywed yn gofyn. Twt, twt. Arweinydd byddin yr Almaen yn yr Aifft yn ystod yr Ail Ryfel Byd oedd Erwin Rommel. Dada a thua dau gan mil o filwyr eraill a'i trechodd. Mi ddylai El Alamein a Tobruk fod wedi'u hoelio yng nghof pawb yn fy marn i. Ac roedd Dada'n parchu Rommel hyd ddiwedd ei oes.

'Mae pobl dda yn gorfod gwneud pethau echrydus weithiau am nad oes dewis ganddyn nhw... ac roedd Rommel yn un ohonyn nhw.'

Digon gwir, Dada.

Rwy'n amcangyfrif y gallaf deithio a dychwelyd yr un diwrnod o ganol Ceredigion i Bort Talbot yn y de, neu Henffordd yn y dwyrain, a hyd yn oed Llandudno yn y gogledd, heb wario'r un ddime goch, cofiwch.

Mae gen i achlysur go arbennig i'w ddathlu – na, i'w nodi – sef fy nhaith gyntaf. Angladd.

Rwy'n dal i fynd i siop y pentref bob bore i brynu'r *Western Mail*. Ond yn hytrach na dal y bws i'r gwaith rwy'n gallu mynd adre i'w ddarllen o glawr i glawr erbyn hyn. Dyna sut ges i wybod bod fy rheolwr siop cyntaf gyda WHSmith wedi marw ddydd Mawrth. Bob Parry, neu Robert James Parry OBE, yn ôl yr ysgrif goffa, a hunodd yn dawel wedi cystudd byr yn ei gartref yn Aberteifi yn 78 oed.

Roedd Bob yn ei dridegau cynnar pan ddechreuais i weithio yn y siop. Dydd Llun y trydydd o Orffennaf 1972. Roedd Bob mor ystyriol ohona i, ac mi gefais weithio dan ei oruchwyliaeth ef yn yr adran recordiau.

Rwy'n dal i gofio'r *top three* yr wythnos honno.

Puppy Love gan Donny Osmond yn rhif tri a *Take Me Back 'Ome* gan Slade yn rhif dau. Efe, Gary Glitter, oedd yn rhif un.

Fel ddwedes i, mae'r hen fyd 'ma wedi newid. Er, rwy'n dal i ddweud bod *Rock and Roll (Parts 1 and 2)* yn glasur.

Ta beth, ymhen dim roeddwn i'n gwbl gyfrifol am yr adran gerddoriaeth ac roedd Bob yn gadael imi fenthyg recordiau o'r siop.

'Mae'n bwysig dy fod ti'n gwybod beth sy'n digwydd ym myd cerddoriaeth, Mari,' medde fe. 'Mae pobl yn dibynnu ar dy arbenigedd di. Dyna'r unig ffordd allwn ni guro Woolworths.'

Dyna oedd athroniaeth Bob, ac yn y pen draw, roedd e'n iawn. Mae WHSmith yn dal i sefyll yn gadarn fel craig yr oesoedd ac ro'n i'n amau y byddai dibyniaeth Woolworths ar *Pick n Mix* a senglau yn hytrach nag albyms yn golygu y byddai'n mynd i'r gwellt ryw ddydd. 'Ffad' yw'r gair, rwy'n credu.

Roedd Bob yn cadw llygad craff ar y gwerthiant. Roedd e wastad yn dod mewn i'r storfa pan o'n i yno gan ofyn imi ofalu fod digon o gopïau o senglau diweddaraf Wizzard, The Who neu Wings ar gael. Wrth gwrs, roedd y recordiau wedi'u trefnu yn ôl yr wyddor ac roedd y grwpiau hynny ar y silff isaf, a olygai fod angen imi blygu lawr a thaflu 'mhen ôl i'r awyr i sicrhau cyflenwad llawn o *Live at Leeds* neu *Band on The Run.*

Roedd Bob hefyd yn aml yn poeni am werthiant grwpiau oedd ar y silff uchaf.

'Ble y'n ni o ran *Aladdin Sane* gan Mistar Bowie yr wythnos hon, Mari?' bydde fe'n gofyn, ac mi fyddwn inne'n codi ar flaenau fy nhraed ac yn gwthio fy mrest... sylweddol, os ga' i ddweud... allan i edrych ar y stoc.

Ond daeth tro ar fyd yn 1977 pan ddechreuodd merch o'r enw Bryony, oedd yn fronnau a minlliw i gyd, weithio yn y siop. Ddywedodd Bob ei fod e wedi penderfynu fy symud i i'r adran lyfrau er mwyn rhoi cyfle i Bryony weithio yn yr adran recordiau. Bythefnos yn ddiweddarach gwelais Bob yn dod allan o'r storfa gyda'i law dros ei lygad chwith, a dda'th Bryony ar 'i ôl e eiliadau'n ddiweddarach. Yn ôl Bob, ro'dd e'n teimlo'n sâl a bydde'n rhaid iddo fynd adre.

Daeth Bryony draw wedyn, ac esbonio fod Bob wedi gofyn iddi edrych a oedd digon o sengl diweddaraf X Ray Spex ar gael. Wrth iddi wneud hynny roedd e wedi swmpo'i phen-ôl ac roedd hi wedi rhoi clatshen iddo.

'X Ray Spex wir!' meddai hi. 'Mi fydd yn rhaid i'r mochyn 'na wisgo X Ray Spex pan ddweda i wrth Clive beth ddigwyddodd. Yw e wedi gwneud rhywbeth tebyg i ti, Mari?'

'Wel... na... mae e'n tueddu i boeni am recordiau sydd ar y silff isaf a'r silff uchaf yn bennaf, ond dyw e erioed wedi cyffwrdd yno' i.'

'Hmm. Falle nad oes ganddo ddiddordeb mewn merched sy'n edrych fel Nana Mouskouri, ond mi fethodd â dal nôl 'da fi... sy'n ryw fath o gompliment, mae'n debyg,' meddai Bryony cyn diflannu i'r adran recordiau eto.

Penderfynodd Bryony beidio â gwneud cwyn swyddogol am Bob. Wel, doedd neb yn cwyno i'r awdurdodau bryd hynny, o'dd e? Ond mi ddwedodd bopeth wrth ei sboner, Clive. *Punk rocker.* Does dim angen dweud mwy.

Roedd Bob bant o'r gwaith am wythnos, ac roedd 'na si fod Clive wedi rhoi cweir iddo yn un o feysydd parcio'r dre. Gadawodd Bryony yn fuan wedi hynny, toc cyn i Bob ddweud wrthon ni ei fod wedi cael ei benodi'n rheolwr siop y cwmni yn Hwlffordd.

Ro'n i'n gweld colled ar ôl i Bob fynd. Ond doedd dim rhaid i Bryony fod mor gas am y ffaith 'mod i'n gwisgo sbectols y Gwasanaeth Iechyd. *Sbecsist* roedd Dada'n galw pobl fel hi.

O, Dada!

Ta beth, welais i 'mo Bob ar ôl hynny. Ond yn ôl yr ysgrif goffa bu'n gweithio i elusen ar gyfer pobl anabl yng ngogledd Sir Benfro a de Sir Aberteifi am flynyddoedd.

Dyna sut gafodd e'r OBE. Go lew fe, ddweda i.

Mae'r angladd yn Aberteifi fory. Gwasanaeth yn yr eglwys ac yna i'r amlosgfa yn Aberystwyth. Rwy wedi treulio tair awr yn trefnu'r diwrnod. Gadael fan hyn am *oh eight hundred hours* fel fyddai Dada a Rommel yn ddweud, a chyrraedd Aberteifi am naw, sy'n gadael dwy awr imi gael paned a chacen a dod o hyd i'r eglwys cyn i'r gwasanaeth ddechrau am unarddeg. Mae'r bws i'r amlosgfa yn Aberystwyth yn gadael Aberteifi toc wedi hanner dydd.

* * *

Mae'n rhaid imi ddweud, roedd safon y gwasanaeth angladdol – neu'n hytrach, safon y gwasanaethau angladdol, yn siomedig iawn, a theg yw ei gadael hi'n fanna am y tro.

Roedd y siwrne ar hyd yr arfordir i Aberteifi yn

un hyfryd, a'r golygfeydd yn drawiadol ar fore gogoneddus o haf. Pobl ifanc yn mynd i'r coleg addysg bellach yn Aberteifi oedd ar y bws yn bennaf – siaradais â Baz, sy'n gwneud gwaith coed, a Jackie sy'n hyfforddi i fod yn fecanic. Mecanic! Biti... roedd ganddi ddwylo hyfryd. Ac mae hi wedi gadael cartref er mwyn byw mewn fflat gyda ffrind. Yn ddwy ar bymtheg oed! Y cyfleoedd a'r rhyddid mae pobl ifanc yn eu cael y dyddie 'ma, yndife? Ond go lew hi ddweda i.

Cyrhaeddais yr eglwys heb unrhyw ffwdan. Roedd y gwasanaeth yn un digon derbyniol ond cefais siom o weld cyn lleied o bobl oedd yno, yn enwedig o ystyried bod Bob wedi'i anrhydeddu â'r OBE gan Ei Mawrhydi. Gan fy mod i'n eistedd yng nghefn yr eglwys gallwn gyfrif y nifer oedd yno: dau ar bymtheg.

Roedd y ficer yn warthus. Dim gair am holl waith Bob gyda'r elusen, ac roedd yr organydd yn gwneud ei gorau glas i efelychu arddull Les Dawson. Deimles i ei fod yn wasanaeth llawer byrrach na'r disgwyl... ond do'dd hynny ddim yn ddrwg i gyd gan fod gen i ddigon o amser wedyn i ddal y bws yn ôl i fyny'r arfordir i Aberystwyth, cyn dal bws arall i'r amlosgfa.

Cyrhaeddais am *thirteen twenty-three* ar ei ben

a gweld bod yr arch eisoes wedi cyrraedd a bod y galarwyr ar eu ffordd i mewn i'r amlosgfa. Diolch byth 'mod i wedi penderfynu gwisgo sgidiau fflat. Roedd yr ymgymerwyr wedi dechrau cludo'r arch i mewn i'r amlosgfa ond llwyddais i wasgu heibio iddyn nhw cyn eistedd a dal fy ngwynt am ennyd.

Codais fy mhen a sylwi nad o'n i'n adnabod unrhyw un o'r bobl eraill oedd yno – a phan gododd y ficer ar ei draed, gwelais nad ef oedd y ficer oedd yn arwain y gwasanaeth yn Aberteifi. Yn waeth na hynny, gwelais nad ficer mohono o gwbl, ond gweinidog. A phan ddywedodd, 'Rydym wedi ymgasglu heddiw er serchus gof am y diweddar Ted Jones,' sylweddolais 'mod i wedi cyrraedd yn rhy gynnar, neu bod trefn yr angladdau wedi newid.

Pan ychwanegodd y gweinidog 'Roedd Ted yn hoff iawn o wylio'r teledu... yn enwedig *Coronation Street* a'r snwcer...' roeddwn i'n amau na fu bywyd y diweddar Ted Jones mor gyffrous ag un Ken Barlow neu Alex Higgins.

Aeth pethau o ddrwg i waeth wrth i arch Ted Jones ddiflannu y tu ôl i'r llenni i gyfeiliant ei hoff gantorion, John ac Alun. Doedd y CD ddim yn lân, mae'n amlwg, a dechreuodd y gân neidio. Dwi ddim yn credu bod John, nac Alun chwaith petai'n dod i hynny, wedi bwriadu i'r chwarelwr ddweud ei fod yn gobeithio 'y caf unwaith eto... gladdu 'nhad'. Roedd y profiad yn un arteithiol ac ro'n i'n falch o ddianc. Cerddais yn gyflym o amgylch yr adeilad a gweld bod ambell un o'r galarwyr a fu yn y gwasanaeth yn Aberteifi yn cyrraedd maes parcio'r amlosgfa.

Roedd yr ymgymerwr, ei gynorthwywyr a'r hers eisoes wedi cyrraedd. Ro'n i'n adnabod yr ymgymerwr, Melfyn Pritchard, am fod ei wraig a minnau'n ffrindiau ysgol. Wel, rwy'n dweud ffrindiau... roedden ni yn yr un dosbarth yn y flwyddyn gyntaf yn yr ysgol uwchradd, cyn imi ddisgyn o ffrwd A i ffrwd B. Roedd hynny ar ôl cyflafan arholiadau'r flwyddyn gyntaf, oedd yn cynnwys sgôr o wyth y cant yn Ffrangeg.

Bu farw Mami'n gynharach y flwyddyn honno.

Rwyf wedi osgoi mynd ar wyliau i Ffrainc ers hynny... nid 'mod i wedi bod yn unrhyw wlad dramor arall chwaith, o ran hynny. Doedd Dada ddim yn hoffi teithio... adre oedd ei hoff le, heblaw am 'bedair blynedd o wyliau 18–30 yn y Med rhwng 1941 a 1944 gyda byddin Monty', fel bydde Dada'n dweud, cyn codi ei gwpaned o de a wincio arna i.

Bu farw gwraig Melfyn Pritchard bum mlynedd yn ôl, flwyddyn cyn i Dada fynd. Yr un ffordd â Dada, 'fyd. Canser. Ond bod Dada wedi cael deng mlynedd ar hugain yn fwy ar y ddaear na hi. *Live slow die old* – dyna fyddai Dada wastad yn ei ddweud. Roedd e'n llygad ei le. Roedd e'n 85 – fi drefnodd yr angladd, a Melfyn Pritchard oedd yr ymgymerwr.

Alla i ddim cofio rhyw lawer am angladd Mami gan 'mod i mewn sioc. Dim ond trideg a phedair mlwydd oed oedd hi, a dim ond unarddeg oeddwn i. *Brain haemorrhage*. Aeth pethau o ddrwg i waeth yn yr ysgol wrth i mi a Dada geisio dygymod â'n colled, ond ddaethon ni i ben rywsut.

'Buy one get one free,' ife Miss Lewis? gofynnodd Mr Pritchard wrth fy ngweld i'n rhuthro rownd y gornel o'r angladd arall. 'Miss Mari Lewis, on'dife... merch y diweddar Rheinallt Lewis... Gorffennaf 2012?'

'O, prynhawn da, Mr Pritchard. Ie, Mari Lewis,' atebais, gan synnu ei fod yn cofio f'enw a phryd y bu Dada farw. Wel, mae e'n cwrdd â chymaint o bobl, on'dyw e?

Esboniais fy mod wedi mynd i'r angladd anghywir, ac allwn i ddim peidio â dweud wrtho am ansawdd gwael y gwasanaeth hwnnw. Wn i ddim pam o'n i'n parablu 'mlaen. Embaras, mwy na thebyg.

'Rwy'n teimlo y dylwn i ysgrifennu at rywun i gwyno. Mae mor bwysig cynnal safonau, yn enwedig pan fyddwn ni'n ffarwelio ag anwyliaid,' medde fi.

'Diddorol. Diddorol iawn. Falle ddylech chi ysgrifennu ata i. Rwy'n awyddus iawn i gael adborth ar ein gwasanaethau,' meddai Mr Pritchard, cyn estyn am garden gyda'i fanylion cyswllt arni o'i boced a syllu'n graff arna i o'm corun i'm sawdl. Fy mesur ar gyfer fy nhaith olaf, mae'n debyg.

'Mi fydda i'n siŵr o wneud,' atebais, gan dderbyn ei garden. Edrychais i fyw ei lygaid, cyn edrych i ffwrdd a sylwi fod un o'i gynorthwywyr yn cael smôc slei ryw ugain llath i ffwrdd, a bod coler y cynorthwy-ydd arall nid yn unig ar agor, ond ddim yn hollol lân.

Penderfynais y byddwn i'n cynnwys sylwadau am y pwyntiau hyn mewn unrhyw ohebiaeth â Mr Pritchard.

'Oeddech chi'n adnabod Mr Parry'n dda?' gofynnodd hwnnw.

Esboniais imi fod dan ei oruchwyliaeth yn siop WHSmith yn ystod y saithdegau, cyn datgan fy siom fod llawer llai o bobl na'r disgwyl yn y gwasanaeth yn Aberteifi, yn enwedig o gofio fod Bob Parry yn OBE, ac yn uchel ei barch.

'Hmm,' meddai Mr Pritchard, cyn closio ata i a sibrwd yn fy nghlust,

'Roedd 'na sïon... cyhuddiadau... cyhuddiadau difrifol iawn a dweud y gwir... cyn iddo farw. Ond nid fy lle i yw dweud mwy. Dyw hi ddim yn broffesiynol i ledu sïon am yr ymadawedig.'

'Cytuno'n llwyr,' meddwn i, gan bwyso'n nes ato i glywed mwy.

'Y cyfan alla i ddweud yw nad ef yw'r unig ddyn sydd wedi derbyn anrhydedd gan Ei Mawrhydi – gan gynnwys marchog enwog oedd yn ysmygu sigâr – sydd wedi byw bywyd dadleuol cyn gadael yr hen fyd 'ma,' meddai Mr Pritchard, a wincio arna i.

Edrychais arno'n syn. 'Beth sydd a wnelo Syr Winston Churchill â thrafferthion Bob Parry?' gofynnais.

Gwenodd Mr Pritchard a rhoi chwerthiniad bach.

'Da iawn, Miss Lewis. Ry'ch chi'n gymeriad... cofiwch gysylltu... rwy'n awyddus i gael eich barn am ein gwasanaeth,' meddai, gan edrych yn graff arna i unwaith eto cyn troi at y dyn ifanc gyda'r coler brwnt a sibrwd, '*Showtime*'.

Doedd yr ail wasanaeth fawr gwell na'r cyntaf. Roedd gan y ficer wddf tost, mae'n amlwg, yn dilyn ei ymdrechion yn yr eglwys rai oriau ynghynt, ac roedd yn rhaid i bawb bwyso ymlaen yn eu seddi i'w glywed. Dau allan o ddeg i'r Parchedig Iestyn Evans, rwy'n ofni.

Daliais y bws i'r dre, a chyn dal bws arall am adre penderfynais daro draw i WHSmith, i brynu llyfr nodiadau ac ysgrifbin newydd i gofnodi fy meirniadaeth o'r angladdau'r diwrnod hwnnw. Wel, dyna beth oedd siop siafins arall. Penderfynais gael golwg sydyn o amgylch y siop cyn imi brynu'r nwyddau. Mawredd! Roedd rhywun wedi rhoi llyfrau Harry Potter yn y rhestr P am Potter yn hytrach nag R am Rowling. Anfaddeuol! Ac wrth imi gerdded tuag at y deunydd ysgrifennu dyna lle'r oedd Mark a'r aelod staff oedd yn amlwg wedi cymryd fy lle, yn chwerthin... yng nghanol y siop... gyda chwsmeriaid yn bresennol.

Hollol anfaddeuol!

Cerddais heibio gan esgus nad oeddwn wedi'u gweld, cyn estyn am becyn o dri V5 Hi Tec, llyfr poced, llyfr nodiadau mwy, maint A4, a phapur ysgrifennu Basildon Bond. Es â nhw at y til lle safai hi, Georgia, y rheolwraig.

'Wy ddim yn un am siarad wast, felly mi ddywedais wrthi'n syth am y gyflafan yn yr adran lyfrau.

'Gaf i air gyda Linda, eich olynydd,' medde hi, '...dyddiau cynnar... *teething troubles...* diolch am dynnu fy sylw at y mater. Rwy'n siŵr ichi gael yr un drafferth pan oedd Shakespeare yn dod mas â'i lyfr diweddaraf,' meddai gyda gwên gam.

Ddwedais i 'run gair.

'Ydych chi'n mwynhau'ch ymddeoliad?' gofynnodd Georgia'n sych gan ddefnyddio'r wên ffals roedd hi bob amser yn ei roi ar ei gwep pan oedd cwsmer yn cwyno. Rhoddais y nwyddau iddi. 'Deunaw punt a nawdeg saith ceiniog os gwelwch yn dda,' meddai. Rhoddais y tocyn WHSmith iddi.

'Dyw chwedeg tri punt ddim yn mynd yn bell y dyddiau hyn,' dywedais, gan wybod y byddai hynny'n newid ei gwep. Gorau cas, cas cwrtais oedd chwedl Dada.

Ddywedodd hi ddim am hynny, a soniodd hi'r un gair am fynd allan am fwyd gyda gweddill y staff chwaith. Cyn gynted ag y byddaf wedi gwario gweddill yr arian ar y tocyn, sef pedwar deg un o bunnoedd a thair ceiniog, mi fyddaf yn dechrau prynu fy nwyddau yn Paperweights ar y Stryd Fawr.

Mi af yn ôl yno fory. Bydd Box Set *Downton Abbey* a dau becyn o gwm cnoi yn taro'r hoelen ar ei phen. Dim ceiniog yn fwy, dim ceiniog yn llai.

'Ry'ch chi'n cael eich saethu am bedwar o'r gloch. Ry'ch chi'n cael eich claddu am bum munud wedi pedwar ac erbyn deng munud wedi pedwar mae rhywun arall yn gwisgo'ch sgidiau,' Dyna oedd Dada'n arfer ei ddweud. Mi welodd bethau erchyll yn yr Aifft pan oedd e'n ymladd yn erbyn Rommel. Ond ddywedodd e ddim wrth neb... heblaw Mami... a fi.

Digon gwir, Dada.

* * *

Rwyf wedi blino'n lân. Wedi llwyr ymlâdd, a dweud y gwir, ar ôl bod mewn angladd bob yn ail ddydd ers dros bythefnos. Gredwch chi fyth: wyth angladd!

Yn dilyn awgrym caredig Mr Melfyn Pritchard ysgrifennais lythyr yn cynnwys fy sylwadau ato'r noson ar ôl angladd Bob Parry, a'i bostio drannoeth. Dosbarth cyntaf, wrth gwrs. Roeddwn wedi methu â chysgu oherwydd fy mhryder ynghylch y dirywiad yn safon ein hangladdau.

Mae gen i fflasg o de a bisgedi sych ger fy ngwely, a byddaf yn troi at y rheiny i'm helpu i fynd yn ôl i gysgu. Es i drwy bob un o'r deuddeg Jacob's cyn sylweddoli mai'r unig ffordd o fynd at wraidd y mater oedd drwy fynychu cymaint o angladdau â phosib.

Y cam cyntaf oedd archebu'r *Daily Post*, y *Shropshire Star* a'r *Western Mail* er mwyn cael gwybod am bob angladd ar hyd a lled fy nhalgylch.

'Gweld y diwrnod yn hir ar ôl ichi ymddeol, ife?' gofynnodd Sharon Boon yn siop y pentref wrth drosglwyddo'r papurau newydd imi.

Ddywedais i 'run gair. Mae hi wedi bod yn genfigennus ohona i erioed – mae 'na fyd o wahaniaeth rhwng rhedeg siop bentref ceiniog a dime a gweithio i *multi-national* fel WHSmith.

Yr ail gam oedd pori drwy adrannau coffäol y papurau newydd gan ddewis angladdau cyhoeddus oedd wedi'u hamseru fel bod modd imi fynychu'r angladd a'r te oedd yn ei ddilyn cyn troi tua thref.

Gwelais angladd addawol yn Nolgellau oedd i'w gynnal ymhen tridiau. Menyw barchus yn ei hwythdegau cynnar a fu'n athrawes yn y dref am flynyddoedd. Es i nôl yr amserlen fysys o *escritoire* Dada. Awr o waith paratoi ac roeddwn yn gwybod y gallwn adael y tŷ am ddeg y bore a bod adre erbyn chwech yr hwyr. Perffaith. Y cam olaf oedd creu system sgorio ar gyfer pob angladd fel a ganlyn:

Enw'r ymadawedig:		
Dyddiad ac Amser:		
Capel/Eglwys/Arall:		
Trefnydd yr angladd:		
Amodau tywydd:		
1.	Safon y Gwasanaeth	/10
2.	Safon y Deyrnged	/10
3.	Y Dewis o Emynau	/10
4.	Safon y Daflen Angladdol	/10
5.	Urddas yr Achlysur	/10
6.	Glendid y Capel/Eglwys/Arall	/10
7.	Nifer y Mynychwyr	/10
8.	Safon yr Ymgymerwr	/10
9.	Urddas y Claddu/Llosgi	/10
10.	Safon Bwyd/Lluniaeth y Cynhebrwng	/10
Sylwadau ychwanegol:		

Roedd y gwasanaeth yn un hyfryd. Dau emyn: 'Mi glywaf Dyner Lais' ar dôn 'Sara', ac yna'r emyn sy'n cynnwys y geiriau bendigedig 'Ar fôr tymhestlog teithio'r wyf, i fyd sydd well i fyw, gan wenu ar ei stormydd oll, fy nhad sydd wrth y llyw' ar y dôn 'Abergele'. Yr union ddau emyn a gawson ni yn angladd Dada.

Roedd y te yn festri'r capel, ac fe es i dai bach y merched cyn eistedd i fwyta, gan ysgrifennu rhai nodiadau'n gyflym yn fy llyfr bach cyn ei roi yn ôl yn fy mag llaw.

Yn anffodus mi fues i'n esgeulus gyda fy ngwaith ymchwil y noson cynt. Dechreuodd un o'r galarwyr siarad â mi wrth imi geisio llenwi fy mhlât â brechdanau ham a chaws a dau *mini Scotch egg*. Roeddwn wrthi'n pendroni ar y pryd a oedd *Scotch egg* yn addas ar gyfer gwasanaeth Methodistaidd a hwythau'r Albanwyr mor Bresbyteraidd eu meddylfryd.

'Sut oeddech chi'n nabod Gaynor?' gofynnodd dyn penfoel oedd tua oed yr addewid.

'Pwy?' gofynnais heb feddwl.

'Gaynor,' meddai'r dyn gan grychu'i dalcen. Cofiais yn sydyn mai Gaynor oedd enw cyntaf yr ymadawedig.

'Mae'n flin gen i... wrth gwrs. Gaynor... Mrs Edwards... ie, trist iawn. Beth oedd y cwestiwn eto?'

'Sut oeddech chi'n ei nabod hi?'

Gwenais am eiliad gan geisio meddwl am ateb. Yna cofiais mai athrawes oedd y ddiweddar Gaynor Edwards.

'Roeddwn i'n dysgu yn yr un ysgol â hi.'

'Fama... yn Nolgellau?'

'Ie... dyna ni.'

'Pryd oedd hynny?'

'Flynyddoedd yn ôl, ar ddechrau fy ngyrfa... ddiwedd y saithdegau.'

'Hmm...' meddai'r dyn gan gamu'n ôl i astudio fy wyneb. 'Dwi ddim yn eich cofio chi. Ro'n i'n dysgu yno rhwng 1975 a 1982... cyn imi gael swydd Dirprwy Brifathro Ysgol Glan Clwyd...' Aeth yn ei flaen i ganmol ei hun a sôn am lwyddiannau'r ysgolion roedd wedi dysgu ynddyn nhw, ac yn ffodus, rhoddodd y pum munud hwnnw gyfle imi feddwl am stori addysgiadol fy hun.

'Wel... rwy'n dweud dysgu, ond treulio tymor yn yr ysgol dan ei goruchwyliaeth hi wnes i pan o'n i'n gwneud cwrs ymarfer dysgu... www, rwy'n gweld bod y teulu'n rhydd... well imi fynd i gael gair gyda nhw,' meddwn, gan gamu i ffwrdd yn gyflym.

*   *   *

Fe wnes i'n siŵr fy mod i'n dysgu llawer mwy am yr ymadawedig o hynny ymlaen, gan fynd ar-lein ar ôl darllen yr ysgrifau coffa i weld a oedd unrhyw ymateb ar Facebook neu Twitter i'r marwolaethau.

Rwyf wedi bod mewn saith angladd ers hynny: dau ganser, dwy harten, un *double pneumonia*, un ddamwain beic modur ac un sirosis o'r afu. Roedd yr ymchwil ychwanegol yn ddefnyddiol iawn – rwyf wedi bod yn weithiwr cymdeithasol, yn nyrs, yn dderbynnydd mewn milfeddygfa, yn glerc i gyfreithiwr (ddwywaith) a hyd yn oed yn *barmaid* unwaith. Doedd hwnnw ddim yn brofiad pleserus.

Serch hynny, cefais fy nghyffwrdd gan un digwyddiad pan oeddwn i braidd yn gynnar ar gyfer un angladd yn Aberystwyth. Roedd angladd arall yn digwydd yno, a gwelais y ficer a'r ymgymerwyr yn sefyll dros fedd yng nghwmni dyn ifanc. Ymhen ychydig, ysgydwodd pob un ohonynt law y dyn ifanc a cherdded yn gyflym tuag at eu ceir. Penderfynais fynd draw ato i gynnig fy nghydymdeimlad gan ei fod yn edrych yn unig... ac roeddwn i hefyd yn llawn chwilfrydedd am nad oedd unrhyw un arall yn bresennol yn yr angladd.

Trodd y dyn ifanc i edrych arna i.

'Mae'n flin gen i darfu arnoch chi. Dwi ychydig yn

gynnar ar gyfer angladd arall... ac mi welais i chi'n sefyll ar eich pen eich hun,'meddwn, gan sylwi bod y trowsus a'r gôt ddu yr oedd o'n eu gwisgo yn rhy dynn o lawer iddo. Ceisiais fy ngore i beidio â syllu ar y dici-bow hollol anaddas – pwy fyddai'n dewis gwisgo'r fath beth i angladd? Rhyfedd o fyd.

Yn sydyn, dywedodd y dyn ifanc yn wyllt, 'Rwy'n credu mai fi sy'n gyfrifol am farwolaeth Mam.'

Camais tuag ato, a sefyll yno'n gwrando arno'n dweud sut y bu iddo or-fwydo'i fam, gyda'r dagrau'n powlio i lawr ei wyneb.

Wedi iddo orffen dywedais, 'Fy machgen annwyl i, mae pobl yn gwneud pethau llawer gwaeth yn enw cariad na bod yn *feeder*. Mae bron pawb yn beio'u hunain am rywbeth pan maen nhw'n colli perthynas agos. Mae'n rhan o'r broses alaru. Nawr, 'te. Dim mwy o'r llefain 'ma. Mi fyddai dy fam am iti fyw dy fywyd a'i gwneud hi'n falch ohonot ti. Rwyt ti'n ffodus. Mi ddylet ti fod yn ddiolchgar fod gen ti achos i alaru. Mae rhai pobl yn falch o weld rhiant yn mynd.' Roedd dagrau'n cronni yn fy llygaid innau hefyd wrth imi ffarwelio ag ef a cherdded i ben pella'r fynwent i ymuno â'r angladd arall.

Mae'n ddigon hawdd dweud wrth bobl eraill sut i fyw eu bywydau, on'd yw hi? Ond beth amdanon ni'n hunain? Ro'n i'n dechrau sylweddoli erbyn hyn mai euogrwydd am farwolaeth Mami a wnaeth imi benderfynu cymryd ei lle hi, a threulio cymaint o fy mywyd yn gofalu am Dada. Allwn ni ddim dianc rhag y gorffennol, gwaetha'r modd.

Ond bydd pethau'n newid o hyn ymlaen.

* * *

Yn gyffredinol, rhaid dweud, roedd safon gwasanaethau'r angladdau a fynychais yn amrywio'n fawr ac nid y trefnwyr angladdau, y gweinidogion, a staff yr amlosgfeydd sydd ar fai'n llwyr. O, na! Mae pobl erbyn hyn yn gwbwl ddi-chwaeth. Beth yw'r arfer newydd hwn o gael llun o'r ymadawedig yn gwenu'n hurt ar y daflen angladdol? *Showoffs*, fel fydde Dada'n dweud. Roedd Mistar Sirosis yr Afu, er enghraifft, yn gwenu'n feddw yn ei het Sgarlets wirion, gyda pheint o gwrw yn ei law. Ac yn waeth na hynny, yr arfer o osod lluniau ar gerrig beddau. Ble y'n ni'n byw? Rwsia? Heb sôn am yr arfer o chwarae cerddoriaeth gyfoes mewn amlosgfeydd. 'Highway to Hell' gan AC/DC oedd y dewis ar gyfer Mistar Damwain Beic Modur. Mi fyddai rhywun yn deall petai e'n grwt ifanc, ond roedd e'n bum deg pump!

Y newyddion da yw bod Melfyn Pritchard wedi ymateb i'm gohebiaeth. Mae'n awgrymu ein bod yn cyfarfod i drafod fy syniadau, ac mae wedi gofyn imi ei ffonio i drefnu dyddiad cyfleus. Ond does dim angen imi ei ffonio i drefnu cyfarfod am mai ef yw'r ymgymerwr mewn angladd cyhoeddus rwy'n ei fynychu yfory.

*   *   *

Wel. Dyna beth oedd diwrnod a hanner. Roeddwn bron â bod yn hwyr ar gyfer y gwasanaeth Undodaidd yn Llambed – roedd y bws ddeng munud yn hwyr a dim ond fi oedd arno, nes i ddyn garw yr olwg gamu mlaen tua phum milltir o'r dref gyda chi o dan ei gesail. Eisteddodd gyferbyn â mi er bod y bws bron yn wag.

'Dyw e ddim yn edrych yn hwylus iawn,' meddwn, gan edrych ar y ci. Amneidiodd y dyn i gytuno gan roi'r ci bach yn ei gôl.

'Diwedd y daith?'

Amneidiodd y dyn â'i ben.

'Ie. Mae'n hen,' meddai, a pharablu rhywbeth arall gan fwytho'r anifail.

'Ansawdd bywyd sy'n bwysig,' ychwanegais, gan

feddwl – o weld golwg lwydaidd y dyn – nad oedd ansawdd ei fywyd yntau lawer gwell nag un y ci. 'Ry'ch chi'n gwneud y peth iawn,' ychwanegais.

Amneidiodd y dyn â'i ben eto. 'Dwi'n gwybod, ond mae'n anodd. Mae e wedi bod yn rhan mor bwysig o 'mywyd i cyhyd,' meddai.

'Ond mae bod yn gyfrifol am rywun, neu rywbeth, yn golygu tipyn o aberth, wrth gwrs,' dywedais.

'Aberth? Dwi ddim wedi gorfod aberthu o gwbl. Mae'r ci a finne'n deall ein gilydd i'r dim, on'dy'n ni, bisto?' ychwanegodd y dyn, gan fwytho pen y ci yn araf unwaith eto.

'A fyddwch chi'n cynnal seremoni fach ar gyfer yr ymadawedig?' gofynnais, gan amneidio i gyfeiriad y ci. 'Mae angladdau anifeiliaid anwes wedi dod yn boblogaidd iawn yn ddiweddar. Allwch chi ddewis arch fach, llogi hers, dewis claddu neu losgi, bron yn union yr un fath â phobl,' ychwanegais.

'Na. Dwi ddim yn credu fydd hynny'n digwydd,' atebodd.

'Call iawn. *Strictly private.* I'r dim,' meddwn, gan roi'r gorau i'r syniad o gyflwyno fy adroddiad cyntaf ar angladd anifail anwes.

Tawelodd y ddau ohonom wrth i'r bws gyrraedd

Llambed. Ffarweliais â'r dyn a'i wylio'n camu oddi ar y bws gyda'i gi. Meddyliais am ein sgwrs. Ai aberthu a wnes i gyda Dada mewn gwirionedd?

Cyrhaeddais y capel a gweld bod arwydd ger y drws yn dweud 'Dilynwch ni ar Facebook a Twitter!' Dilynwch ni i'r nefoedd o'dd hi'n arfer bod.

Roeddwn yn eistedd yng nghefn y capel, felly cefais gyfle i roi ambell sylw yn fy llyfr bach heb i neb fy ngweld. Roedd yn wasanaeth rhyfeddol o dda o ystyried nad yw'r bobl hyn, yn dechnegol, yn Gristnogion.

Dilynais y galarwyr i'r fynwent ar gyfer y claddu a sylwi pa mor broffesiynol oedd Melfyn Pritchard a'i dîm wrth osod yr arch yn y bedd. Bendigedig. Deg allan o ddeg.

Ond chefais i 'mo'r cyfle i gael gair â Melfyn ar ôl y claddu. A dweud y gwir, thorrais i'r un gair â neb wrth imi gerdded i'r dref ar gyfer y te cynhebrwng. Roedd cynorthwywyr Melfyn yn sgwrsio ger yr hers – sylwais fod yr un oedd yn ysmygu yn angladd Bob Parry yn tynnu ar e-sigarét erbyn hyn, a bod coler y llall yn wyn. Roedd Mr Melfyn Pritchard wedi dechrau dilyn fy nghyngor, mae'n amlwg.

Roedd y te mewn tafarn yng nghanol y dref. Ble arall fyddech chi'n disgwyl i de angladd Undodaidd fod? Roeddwn wedi gobeithio cael gair gyda Mr Pritchard ond doedd e ddim yno.

Dechreuais deimlo braidd yn anghyfforddus oherwydd dim ond fi a llond llaw o'r galarwyr eraill a oedd wedi ymgynnull yn y Llew Du oedd yn ymwrthod â'r ddiod gadarn. Cynyddodd fy anesmwythder pan glywais rhywun yn galw fy enw.

'Oes 'na Mari Lewis yma?'

Trodd pawb i edrych wrth imi godi fy llaw yn nerfus. Rhannodd y trwch o alarwyr fel y môr coch i adael i'r gweinidog gerdded trwyddynt.

'A gaf i air bach gyda chi... y tu allan?' medde hwnnw'n dawel, gan afael yn fy mraich. Tywysodd fi at ddrws y dafarn cyn tynnu fy llyfr nodiadau o'i boced.

'Ai chi sy berchen hwn?' gofynnodd yn chwyrn.

Ddwedais i 'run gair.

'Mae eich enw chi arno: "If this book is lost please return to Mari Lewis, Y Gorlan, Llanrhystud, Ceredigion".'

'Diolch yn fawr,' meddwn, gan sylweddoli fy mod wedi ei adael yn y capel. Gweddïais nad oedd unrhyw un wedi darllen y cynnwys.

Dim gobaith.

'Mae pobl fel chi'n warthus. Yn mynd i angladdau

a gwneud nodiadau, a barnu pawb a phopeth,'
meddai'r gweinidog, gan dynnu'i sbectol o'i boced
a'i gwisgo. Llyfodd ei fys a throi at y dudalen olaf.
'Y gweinidog, Dilwyn Rees,' darllenodd, 'dyn tal,
tenau, hunanbwysig yn ei bedwardegau hwyr. Llais
gwichlyd. Siomedig. Dau allan o ddeg.'

Cododd ei ben. 'Mae hyn yn enllibus...'

Wrth gwrs, mi ddylwn i fod wedi dal fy nhafod
bryd hynny... ond wnes i ddim.

'Ddylech chi weld beth oedd gen i i'w ddweud
am y Parchedig Ian Elias BA yn Abergwili... un allan
o ddeg... a'r Parchedig Dyfed Williams yn
Abergwaun... dim allan o ddeg. Mi ddylech chi fod
yn falch. *Mid-table respectability* fel fydde Dada'n
ddweud am y Woolwich Arsenal... a beth bynnag,
doedd gennych chi ddim hawl i edrych. Fi piau'r llyfr
ac mae'r cynnwys yn breifat.'

'Enllibus!' meddai'r gweinidog eto. 'Rwy'n mynd
â hwn at fy nghyfreithiwr. Mae wedi bod trwy
ddwylo'r organydd a pherchennog y dafarn cyn imi
ei weld. Ry'ch chi wedi pardduo f'enw da i,'
ychwanegodd yn chwyrn.

Gyda hynny, sylweddolais fod rhywun yn sefyll y
tu ôl imi.

'Prynhawn da, Mr Rees. Prynhawn da, Miss Lewis.

Oes 'na broblem?' gofynnodd Melfyn Pritchard, a oedd yn amlwg wedi clywed rhan olaf y sgwrs.

Cyn i'r gweinidog gael cyfle i ymateb cymerodd Melfyn Pritchard y llyfr nodiadau o'i law a tharo cipolwg arno.

'Rwy'n gweld eich bod wedi cwrdd â Miss Lewis...' meddai, yn dawel ond yn awdurdodol.

'Yn anffodus, ydw... ac mae'n rhaid imi ddweud...' dechreuodd y gweinidog, ond roedd Melfyn yn gyflymach nag ef.

'...Miss Lewis yw fy ymgynghorydd arbennig. Mae hi'n mynychu angladdau cyhoeddus ar fy rhan er mwyn ceisio cynnal – a chodi – safonau. Mae ei nodiadau hi'n gwbl gyfrinachol.'

'O,' meddai'r gweinidog yn swta.

'Falle fod sylwadau Miss Lewis braidd yn hallt ar adegau... ond natur ddynol yw gwneud camgymeriad, peth dwyfol yw maddau, yntê Mr Rees?' ychwanegodd Melfyn Pritchard cyn cymryd fy mraich a'm tywys, os nad i borfeydd gwelltog, o leia i faes parcio'r dafarn.

Roeddwn wedi dechrau dod ataf fy hun hanner awr yn ddiweddarach wrth i mi a Melfyn eistedd yn yr hers.

'Ry'ch chi'n gymeriad a hanner, Mari Lewis,' meddai hwnnw gan bori trwy'r llyfr bach.

'Sut alla i ddiolch ichi?' gofynnais.

'Rwy'n credu bod gennych chi sawl pwynt dilys yn eich nodiadau... trylwyr. Rwy'n credu y byddech chi'n gaffaeliad i'r cwmni, ydw wir,' meddai Melfyn gan edrych i fyw fy llygaid. 'Ac mi fydde hynny'n rhoi cyfle inni ddod i nabod ein gilydd yn well. Ry'n ni'n dau'n sengl, ry'n ni'n dau'n unig ac ry'n ni'n dau'n hoffi angladdau. Fel y bydde'r meibion yn dweud – yr un sy'n smygu... a'r un gyda'r goler frwnt, gyda llaw, *What's not to like?'* ychwanegodd.

Roedd Melfyn yn iawn. Roedd hi'n bryd imi ddianc rhag y gorffennol a dianc rhag Dada. Ond mi ddyweda i un peth: pan fydda i'n mynd i gwrdd â fy ngwell, mi fydd yr angladd yn un *Strictly Private.*

'Oes rhywun erioed wedi dweud wrthoch chi eich bod chi'n edrych fel Nana Mouskouri?' gofynnodd Melfyn, gan roi ei law ar fy mhen-glin a'i gwasgu.

Gwenodd yn hyderus pan sylwodd nad oeddwn yn gwneud unrhyw ymdrech i symud ei law oddi yno. Ond doeddwn i ddim yn gweld dim o'i le ar hynny. Wedi'r cyfan, roedd Dada wedi gwneud yr un peth i mi bob nos ar ôl inni gladdu Mami.

Ddywedais i 'run gair.

Ffrederig Fawr

Brynes i'r ci a'r setî dridie cyn y Nadolig yn y flwyddyn dwy fil, ac ma'n *nhw*, o leia, dal 'ma un flynedd ar bymtheg yn ddiweddarach. 'Na'r Nadolig cyntaf i mi ac Ann dreulio 'da'n gilydd ar ôl inni benderfynu cyd-fyw dri mis ynghynt.

Yn bump ar hugen o'd, ro'n i wedi bod yn gweithio mewn ffatri gaws yn yr ardal ers gadel yr ysgol, yn ogystal â gwneud tamed bach o waith garddio yng nghartrefi pobol leol ar benwythnose i gadw'r blaidd o'r drws. Do'n i ddim yn ennill ffortiwn ond o'dd 'da fi gelc o sbondŵlics wrth gefn am fy mod i'n fodlon gweithio shifftie hir yn y ffatri. Ac o'dd Ann a finne mewn cariad dros ein penne a'n clustie.

Ro'n ni'n rhentu tŷ ar gyrion pentre bach chwe milltir o Lanbed. O'dd y bwthyn un stafell wely yn ddigon clyd – ac yn bwysicach, yn ddigon rhad am fod y lle'n berchen i gyfnither fy nhad. Er hynny, o'dd y dodrefn wedi gweld dyddie gwell, yn rhannol am i'r lle fod yn gartre i stiwdents Prifysgol Llanbed yn ystod y blynydde cynt.

Ro'n ni'n gwylio'r teledu un noson ar ddechre mis Rhagfyr pan dda'th hysbyseb sêl soffas ar y sgrin.

'Mi fydde'n braf cael setî deidi. Ma'n nhw'n edrych yn anferth, ac yn fargen am y pris,' meddai Ann gan wingo'n anghyfforddus ar yr hen setî.

'Ma'n nhw'n edrych yn anferth gan mai dim ond cwta bum troedfedd yw'r actorion sy'n eistedd arnyn nhw, ychan. Twyll yw e. Ddylet ti wneud rhywbeth amdano fe,' meddwn, gan wincio arni.

O'dd Ann yn swyddog yn Adran Safone Masnach y Cyngor Sir, ac yn gwisgo'n daclus ar gyfer ei gwaith. O'dd ei holl ffrils-di-ffrals yn ei gwneud hi'n rhywiol iawn, ac un o fanteision gweithio shifftie nos o'dd dod yn ôl i'r tŷ tua'r un amser ag yr oedd Ann yn codi. Ar ôl imi ga'l cawod, mewn ymdrech bitw i ga'l gwared â'r gwynt caws oddi ar fy nghorff, 'sen i'n neidio i'r gwely 'da'r bwriad o anghofio am y byd – a chaws – am wyth awr. Bob bore 'sen i'n gorwedd yno'n gwylio Ann, â'i chefn ataf, yn gwisgo'i nicers, bra, sane du, sgert a blows yn araf, fel 'se hi'n cyflawni *striptease* am yn ôl. Ac yna'r diléit o'i gweld hi'n syllu arnaf yn nrych y bwrdd ymbincio. Yn dilyn un winc ddireidus 'sen i'n codi o'r gwely, yn camu tuag ati ac yn tynnu'r dillad oddi arni'n araf, gan ei hanwesu a'i chusanu. Yna 'se'r ddau ohonom yn syrthio ar y gwely, a hithe'n rhoi ei thrwyn ar fy mogel ac yn sibrwd 'Je t'adore, Monsieur Roquefort', cyn inni fwynhau hanner awr o giamocs llawn randibŵ yng nghwmni'n gilydd. Diolch byth am orie fflecsi'r Cyngor Sir neu 'se Ann wedi colli ei swydd am fod yn hwyr i'r gwaith bob bore yn ystod y miso'dd hynny.

Ddeng awr yn ddiweddarach, pan 'se Ann yn dychwelyd o'r gwaith am chwech o'r gloch, awr cyn i mi ddechrau fy shifft nos, 'se hi'n cerdded at y soffa lle o'n i'n eistedd yn byta fy swper, a 'sen i'n mynd trwy'r un ddefod rywiol eto, ond ar y setî y tro hwn. O'n i'n dechrau fy shifft nos gyda'r geiriau 'Je t'adore, Monsieur Roquefort' yn canu yn fy nghlustie.

Y cyfnod mwya cyffrous yn unrhyw berthynas yw'r chwe mis cynta, pan ma'r chwante cnawdol a'r arbrofi rhywiol yn bwysicach na dim arall.

O'n i, fel pob mab fferm, wedi dod i wybod yn ifanc iawn am y broses o atgenhedlu. Rhwbeth anifeiledd o'dd y cyfan yn y bôn. Bydde fy mrawd bach tair oed byth a beunydd yn gofyn cwestiyne pan fydde ci a gast wrthi ar y clos, neu geiliog yn sathru iâr yn yr ardd. Bydde fe'n gwenu'n hapus wrth imi esbonio taw chware o'n nhw. Yn saith o'd, o'n i'n rhy ifanc fy hun i esbonio'n iawn ac i ddeall ar y pryd taw hwnna oedd ein hunig bwrpas ar y ddaear hon, mewn gwirionedd.

Ro'n i'n fwy na hapus i brynu setî newydd i Ann felly, i wneud ein sesiynau carwriaethol ni'n fwy jocôs.

'Falle allwn ni fforddio un yn y flwyddyn newy'. Ma'n dibynnu ble fyddwn ni'n ariannol ar ôl y Dolig,' meddwn. Ond o'n i eiso's wedi penderfynu prynu'r setî iddi. Cariad neu chwant? Do'dd dim pripsyn o wahanieth rhwng y ddau yn fy marn i. Dyma'r darn cyntaf o ddodrefn 'sen ni'n ei brynu gyda'n gilydd, er mai fi oedd yn talu amdano. Anrheg Nadolig 'se'r ddau ohonon ni'n ei gofio am byth. Dyna feddylies i ar y pryd, ta beth.

Es i â'r fan i siop Argos yng Nghaerfyrddin ar y dydd Sadwrn ola cyn y Nadolig i brynu a chasglu'r setî o'dd Ann wedi'i hoffi fwya yn yr hysbyseb. Galwes i yn nhafarn y Royal Oak yn Llanbed ar y ffordd 'nôl y pnawn hwnnw gan wybod y bydde Barry 'na.

Ces i fy magu ar fferm la'th rhwng Llanbed a Llanybydder. O'dd fy mrawd hŷn, Barry, yn dal i fyw gartre ac yn gweithio ar y fferm 'da'n rhieni. Do'dd gen i ddim diddordeb mewn ffarmo, a do'dd gen i ddim diddordeb mewn unrhyw bwnc yn yr ysgol chwaith, felly o'dd hi'n rhyddhad pan ges i swydd yn y ffatri gaws yn syth ar ôl gadel yr ysgol, a chymryd y cyfle i adel cartre a byw ar fy mhen fy hun.

O'dd Barry saith mlynedd yn hŷn na fi ac yn ddigon hapus i fyw hei leiff hen lanc, gan dreulio'i orie hamdden rhwng dau a deg bob dydd Sadwrn yn yfed deg peint yn nhafarnde'r dre, cyn dal tacsi adre.

Dros y peint cynta fe fuon ni'n sôn am ein cynllunie ar gyfer y Nadolig. O'dd Ann a fi wedi penderfynu ca'l cinio Nadolig yn y bwthyn cyn ymweld â Mam, Dad a Barry ar y fferm fin nos.

'Fe fyddwn ni'n mynd i Landysul i weld rhieni Ann ddydd San Steffan,' ychwaneges, gan weld y siom yn lledu ar draws wyneb fy mrawd.

'Wyt ti wedi dweud wrth Dad? Fe fydd hyn yn dân ar 'i grôn e, a bydd e'n goch fel twrci.'

O'dd hi'n draddodiad bod y tri ohonon ni'n treulio Dydd San Steffan yn hela. Ro'n i mor frwd â Barry a Dad dros hela anifeilied, yn enwedig lampo am gwningod. Ond ar ôl cwrdd ag Ann o'n i wedi rhoi'r gore i'r difyrrwch hwnnw. Do'dd hi ddim yn lico difa anifeilied.

Yn fy mhrofiad i, yn ystod miso'dd cynta perthynas strab a haden sy mewn cariad mae un o'n nhw am aros yn y stad hynny am byth bythoedd gan barhau i rychu a chwantu, a'r llall am symud mla'n i ddatblygu'r berthynas. Ac ma' hynny'n golygu dod i nabod gwerthoedd a diddordebe'ch gilydd. Diddordebe fel hela neu wylio dramâu diflas drwy'r nos. A dyna pryd ma'r cecru'n dechre. A dyna'r pryd ma'r mwnci bach yn codi. A dyna ddechre'r diwedd. Y cwestiwn pwysig yw a ydw i am i hwn-neu-hi fod yn dad neu fam i fy mhlant? Yn y pen draw, cenhedlu'r genhedleth nesaf yw diben pob perthynas. Ac yn fy marn i, 'na beth sy'n gallu gwneud smonach o bethe.

'Ma'r bais wedi rhoi ffwl stop ar yr hela, 'te,' meddai Barry gan edrych yn slei arna i dros ei beint.

'Na. Dim amser, 'na'i gyd,' atebes. Ond mewn gwirionedd, ro'dd Ann wedi datgan ei hanfodlonrwydd 'mod i'n cadw dryll yn y bwthyn, er ei fod dan glo.

'Biti dy fod ti wedi rhoi'r gore iddi. Mae Shani wedi cael torllwyth o gŵn bach. Pump ohonyn nhw. Ry'n ni'n gofyn tri chan punt yr un, ac ma'r cwbl wedi'u gwerthu... y cwbwl ond un. Yr un gore 'fyd. *Markings* net. Ro'n i wedi cadw hwnnw i ti. Anrheg

Nadolig. Do's dim ci gwell i lampo na Jack Russell. Ond 'na 'ny. Nawr dy fod ti wedi rhoi'r gore iddi mi gadwa i e i mi fy hun.'

'Na. Ddwedes i 'mo hynny.'

'...wrth gwrs, nid ti 'se'n penderfynu 'ta beth... ond Ann.'

'Nonsens,' meddwn. Clecies fy mheint, gafael ym mraich Barry a'i dywys o'r bar.

'Ble y'n ni'n mynd?'

'I godi'r ci. Gei di lifft 'nôl i'r dafarn 'da fi.'

A 'na sut gyrhaeddes i adre'r noson 'ny 'da'r ci a'r setî.

*   *   *

A nawr, un mlynedd ar bymtheg yn ddiweddarach, ma'r ci'n cysgu'n dawel ar yr un setî yn yr un bwthyn. Ond ma' Ann wedi hen fynd.

Ro'dd Barry'n iawn. Mae ganddo *markings* brown a gwyn net, 'da dau smotyn brown ar ei fol a streipen wen lawr ei dalcen. Ond erbyn hyn ma'r llyged sionc wedi pylu ac ma' fe wedi dechre harpo.

Codes y ci oddi ar y setî i fynd ag e ar ei siwrne ola. Wna'th e ddim cyffroi. O'n i'n gwbod ei fod e'n gwisgo ei gôt ola.

* * *

Do'dd Ann ddim yn hapus gyda'r setî, a dweud y lleia.

'Ro't ti'n iawn. Mae'n llai nag oedd hi'n edrych ar y teledu,' meddai, ar ôl rhoi llond pen imi am ei phrynu cyn i'r sêls ddechrau ar Ddydd San Steffan. 'A beth yw hwn?' gofynnodd, gan lygadu'r ci bach oedd newydd neidio i fy nghôl.

'Jack Russell. Mi fydd e'n gwmni i ti pan fydda i'n gweitho shifftie hwyr yn y ffatri,' meddwn, heb edrych arni.

'... ac yn esgus i ti fynd i lampo a lladd anifeilied 'da dy dad a dy frawd. Dwi ddim yn dwp.'

'Ma'n nhw'n deud bod edrych ar ôl ci yn ymarfer da i gyplau cyn iddyn nhw ddechre teulu,' awgrymes, gan dreial rhoi fy mraich am ei hysgwydd.

'Pam fydden i moyn plentyn? Mae gen i un yn barod,' atebodd, cyn llithro o fy ngafael a mynd trwodd i'r gegin.

'Do's dim gobaith inni fedyddio'r setî heno 'te?' gwaeddes, heb gael ateb.

O'n i'n eistedd ar y toiled ryw hanner awr yn ddiweddarach yn pori'n ddifeddwl drwy lyfr o ddyfyniade ro'dd y stiwdents wedi'i adel ar eu holau. Ymhlith y dyfyniade ro'dd un gan Ymerawdwr Ffrederig yr Ail o Brwsia. Ffrederig Fawr: 'Y mwya dwi'n astudio dynoliaeth, y mwya dwi'n hoffi fy nghi.' Digon gwir, meddylies. Penderfynes i alw'r ci'n Ffred felly, yn rhannol er cof am yr ymerawdwr doeth.

Ro'n i'n credu bod Ann yn dechre cyfarwyddo â phresenoldeb Ffred dros yr ŵyl –wedi'r cyfan, ro'n i'n fwy na dedwydd yn treulio prynhawn Dolig yn gorwedd ar y setî 'da 'mhen yng nghôl Ann a Ffred yn cysgu ar fy mola. Ond sylwes i fod Ann yn syllu ar y ddau ohonom wrth inni wylio *Jim Davidson's Christmas Generation Game*.

Dim ond fi a Ffred o'dd ar y setî y Nadolig canlynol, yn gwylio *Rolf's Merry Christmas*.

Tua chanol mis Mawrth y flwyddyn honno gofynnodd Ann imi'n ddirybudd, 'Sut fyddet ti'n teimlo am ddechrau teulu?'

Ro'n ni wedi bod yn garcus iawn dros naw mis cynta ein perthynas. O'dd hi'n cymryd y pil ac o'n i'n gwisgo condom.

'Sai'n barod 'to,' atebes.

A dyna oedd dechre'r diwedd.

'Fe ddwedest ti fod edrych ar ôl ci yn ymarfer da

i gyplau cyn iddyn nhw ddechre teulu, ond esgus i gadw'r ci oedd hynny, mae'n amlwg. Dwi ddim yn siŵr a wyt ti am ddechre teulu o gwbl,' medde hi wrtha i y noson honno, wrth inni orwedd ochr yn ochr yn y gwely newydd ro'dd hi wedi talu amdano fis ynghynt.

'Paid â bod yn sofft.'

'Sai'n siŵr a wyt ti am inni gael plant.'

'Paid â bod yn sofft.'

'Wel. Wyt ti?'

'Paid â bod yn sofft. Wrth gwrs 'mod i. Ond ddim eto.'

Ddywedodd hi ddim byd. Dim ond troi ar ei hochr a mynd i gysgu.

Dechreuodd y cecru ar ddechre'r haf, am rwbeth oedd yn ymddangos yn ddi-ddim.

'Mae angen newid y cyrtens 'na'n druenus,' meddai Ann, wrth inni eistedd ar y setî yn gwylio *Ballykissangel* ar ein teledu ugen modfedd newydd.

'Pam?'

'Maen nhw'n hen ac yn hyll. Weles i rywbeth tebyg iddyn nhw ar y gyfres Jane Austen 'na y'n ni newydd wylio.'

Fy ymateb i o'dd cerdded at y cyrtens, eu cau nhw, eu hagor nhw, a'u cau nhw 'to.

'Ma'n nhw'n gwneud eu gwaith yn iawn. Gâd dy hen rem-rem!'

Mae 'na un peth dwi wedi'i ddysgu am fenywod. Os y'n nhw'n dechrau cecru am gyrtens dyw e'n ddim byd i'w wneud â'r cyrtens.

Gadawodd Ann chwe mis yn ddiweddarach. A'th hi â'r teledu 'da hi ond fe adawodd y gwely a'r setî. Yr ystrydebau arferol. Ro'n ni'n rhy wahanol i'n gilydd. Ro'dd hi'n rhy gynnar iddi setlo lawr. Nid fy mai i ond ei bai hi.

Ond y fuwch sy'n brefu fwya am ei llo sy'n mynd i darw gynta, yntife? O'n i wedi dechre ame bod dyn arall y tu ôl i'w phenderfyniad. Ac ro'n i'n iawn. Fe briododd hi Elwyn, un o uwch-swyddogion yr Adran Addysg, flwyddyn ar ôl inni wahanu.

Gadawodd Ann am dri o'r gloch un prynhawn Sadwrn. Ddwedais i na Ffred ddim byd i'w hatal rhag gadel, a phum munud yn ddiweddarach o'n i a Ffred ar ein ffordd i'r dre i brynu tair potel o win coch i dreial dadansoddi beth a'th o'i le. Hefyd, fe fues i mewn siop yn Llanbed oedd yn gwerthu cyrtens, a phrynais y rhai drutaf o'dd 'da nhw.

Y bore wedyn dihunes ar lawr stafell ffrynt y bwthyn 'da phen tost, ceg sych a phans gwlyb... o'n i wedi ca'l twlltinad y noson gynt. Anaml iawn y bydda i'n meddwi'n stecs oherwydd y trafferthion ma' hynny'n ei achosi. Wedi'r cyfan, o'n i'n eitha meddw pan gwrddes i ag Ann. Agores i un llygad a gweld tair potel a chwpan wag wrth fy ymyl. Agores y llygad arall a gweld fy nryll a dwsin o fwledi ar y llawr. Troais fy mhen a gweld Ffred yn edrych yn gyhuddgar arna i oddi ar y setî.

O edrych yn ôl, dwi'n weddol sicr nad o'n i o ddifri am ladd fy hun. Ond alla i ddim bod yn hollol sicr chwaith, oherwydd dwi'n cofio dim am y noson, ac ro'dd hynny'n chware ar fy meddwl. Cefais wared ar y dryll a'r bwledi'r diwrnod 'ny, gan roi'r cyfan i'm brawd, Barry, i'w cadw ar y fferm. A fanna ma'n nhw wedi aros hyd heddi.

*   *   *

Penderfynes fynd â Ffred at y fet ar y bws er mwyn iddo ga'l gweld ei gynefin am y tro olaf, ac i roi cyfle iddo edrych dros y cloddie a gweld y cwningod na fydde fe byth yn eu cwrso rhagor.

Dim ond un fenyw o'dd ar y bws.

'Dyw e ddim yn edrych yn hwylus iawn,' meddai wrth imi gerdded tuag ati ar ôl talu'r gyrrwr. Penderfynes eistedd ar ei phwys hi i gael sgwrs am ei bod hi'n amlwg am wneud ffys o Ffred. Rhoddes y ci i orwedd ar fy nghôl a chodi'i ben e er mwyn iddo allu gweld drwy'r ffenest.

'Diwedd y daith?' gofynnodd y fenyw gan estyn ei llaw a rhoi mwythad iddo o dan ei ên.

'Ie. Mae'n hen ac wedi cyrraedd y cae torri ola,' atebais, gan afel yn dynnach yn Ffred a dal ati i'w fwytho. 'Ond 'se hwn wedi sefyll 'da fi ym mhentan uffern. 'Sen i ddim wedi gallu gofyn am gi gwell,' dywedais, gan frwydro i atal y dagre rhag llifo.

'Ansawdd bywyd sy'n bwysig,' ychwanegodd y fenyw. Do'n i ddim yn siŵr a oedd hi'n siarad am Ffred neu amdani hi'i hun. 'Ry'ch chi'n gwneud y peth iawn,' ychwanegodd.

'Dwi'n gwybod, ond ma' hi'n anodd. Mae e wedi bod yn rhan mor bwysig o 'mywyd i cyhyd,' dywedes.

'Ond mae bod yn gyfrifol am rywun, neu rywbeth, yn golygu tipyn o aberth, wrth gwrs,' meddai'r fenyw.

'Aberth? Dwi ddim wedi gorfod aberthu o gwbl. Mae'r ci a finne'n deall ein gilydd i'r dim, on'd y'n ni, bisto,' meddwn, gan fwytho pen Ffred yn araf unwaith eto.

'A fyddwch chi'n cynnal seremoni fach ar gyfer yr

ymadawedig?' gofynnodd, gan amneidio i gyfeiriad Ffred. 'Mae angladdau anifeiliaid anwes wedi dod yn boblogaidd iawn yn ddiweddar. Allwch chi ddewis arch fach, llogi hers, dewis claddu neu losgi, bron yn union yr un fath â phobl,' ychwanegodd.

'Na. Dwi ddim yn credu fydd hynny'n digwydd,' atebais.

'Call iawn. *Strictly private*. I'r dim,' meddai, gan edrych braidd yn siomedig am ryw reswm, wrth i'r bws gyrraedd Llanbed.

Ffarwelies â'r fenyw a chamu oddi ar y bws gan ddal Ffred yn dynn o dan fy nghesel. Sgwn i a o'n innau wedi aberthu gormod dros fy nghi? Ma' rhyddid ac annibynieth yn bwysig – o'dd Ffred wedi dysgu hynny imi. Ac yn fwy na 'ny, o'dd e wedi dysgu imi beth yw cyfrifoldeb.

O'dd hi'n hanner awr wedi unarddeg y bore pan gyrhaeddes i syrjeri'r fet a'r lle bron yn wag. Esbonies i ger y ddesg nad oedd Ffred wedi bwyta ers tridie ac na allai gerdded ond ambell gam erbyn hyn. Amneidiodd y derbynnydd â'i phen i ddangos ei bod yn deall. Ro'dd hi'n gwisgo bathodyn gyda'r enw Vicky arno, ond o'n i eisoes yn gwybod ei henw am fy mod wedi ei ffansïo ers iddi ddechrau gweithio yno ryw chwe mis ynghynt. Bryd hynny, wrth iddi ddefnyddio'i bysedd main i deipio manylion Ffred ar y system sylwes i nad o'dd hi'n gwisgo modrwy briodas. Gan fod Vicky tua'r un oedran â mi, o'n i'n fflyrtio gyda hi bob tro o'n i'n dod i godi moddion ar gyfer Ffred neu'n dod ag ef i dorri ei ewinedd. O'dd ewinedd Vicky wastad yn sgleinio, a olygai nad oedd hi'n debygol o fod yn canlyn rhywun. Yn fy mhrofiad i ma' menywod sengl yn edrych ar ôl eu hewinedd.

'It's all about quality of life, isn't it,' meddai. Gwenodd yn siriol gan fynd trwy'r ddefod arferol o ofyn am enw a chyfeiriad. Fel arfer 'se'r sgwrs yn gorffen 'da fi'n gofyn iddi gwrdd â mi am ddiod yn y Royal Oak y nos Sadwrn canlynol. Ac fel arfer 'se hi'n chwerthin ac yn siglo'i phen.

Ond ddim heddiw.

'Diolch,' dywedes cyn mynd i eistedd i aros fy nhro.

*   *   *

Sai'n siŵr pam nad y'f i wedi priodi. Dwi wedi cael digon o gyfleo'dd. Fe allwn i fod wedi treulio oes gyfan gyda Cheryl, Diane, neu Claire yn eu tro. Ond o'dd rhywbeth bob amser yn fy atal i, neu nhw, rhag cymryd y cam eitha.

O'dd Cheryl yn ystyried byw 'da fi a Ffred yn y bwthyn ar un adeg, ond roedd ganddi gath o'r enw Sipsi. Yn anffodus do'dd Ffred ddim yn or-hoff o gathod a'r dewis oedd Sipsi a Cheryl, neu Ffred. Felly, ta-ta Sipsi a Cheryl.

Fe fues i a Diane yn canlyn am dros flwyddyn. O'dd hi'n rhywiol, yn ddoniol ac – yn anffodus – yn anfodlon fy rhannu â neb arall. O'dd hi'n gweithio mewn siop trin gwallt yn Aberaeron ac yn gwneud tamed bach o arian ychwanegol trwy drin gwallt pobl yn eu cartrefi ar benwythnose. A dweud y gwir, o'dd Diane yn genfigennus o Ffred o'r dechre, a'r ci oedd yn ca'l y bai fy mod i'n treulio gormod o amser yn hela yn hytrach na threulio amser 'da hi.

O'n i wedi mynd â Ffred am dro hir dros y brynie ger Llanbed un prynhawn Sadwrn. O'dd Ffred oboiti pum mlwydd oed ar y pryd. Gwelodd gadno ac off ag e. Do'dd dim i'w wneud ond aros iddo ddod 'nôl. O'n i newydd gynnau fy nhrydedd mwgyn pan ganodd y ffôn symudol. Diane.

'Mae'r car yn gwrthod starto a dwi'n neud gwallt Mrs Williams yng Nghilie Aeron am ddau. Alli di roi lifft i mi?' gofynnodd.

'Bach yn anodd ar hyn o bryd.'

'Pam?'

Esbonies i fod Ffred wedi diflannu.

'Falle fydd e bum munud arall. Falle ddaw e'n ôl ymhen hanner awr. Sai'n gwybod,' ychwaneges, gan dynnu'n araf ar y sigarét.

'Pa mor bell wyt ti o dy fan?'

'Pum munud. Newydd gyrredd o'n i pan welodd e'r cadno...'

'Sai moyn clywed am ryw gadno... gâd y ci 'na, a dere i nôl fi... gei di fynd 'nôl i'w moyn e nes mla'n.'

Bu tawelwch.

'Meic...Michael...wyt ti 'na?'

'Alla i 'mo'i adael e ar y brynie. Mi fydd e'n panico...'

'Dwyt ti ddim o ddifri.'

'Mae'r signal yn wael lan 'ma... methu dy glywed di...'

Am ryw reswm barodd 'mo'r berthynas yn hir ar ôl hynny. O'n i'n synhwyro'i dicter hi bob tro o'dd hi'n dod i 'ngweld i a Ffred yn y bwthyn.

Ta beth, ddiflannodd Diane, a bu raid imi dalu barbwr i dorri fy ngwallt o hynny mla'n.

Symudodd Claire i fyw gyda ni tua mis ar ôl inni gyfarfod. O'dd Ffred oboiti wyth oed ar y pryd, ac o'dd hynny ryw flwyddyn ar ôl i'r ffatri gaws gau am fod y perchnogion wedi sylweddoli ei bod hi'n rhatach cyflogi pobl yn Iwerddon na gorllewin Cymru. O'dd cant ag ugen o'n ni ar y clwt. Pymtheng mlynedd o waith, ac ar y diwrnod olaf cerddodd pob un allan o'r ffatri â chosyn o gaws dan ei gesel fel diolch am ein gwaith. Do's dim rhyfedd 'mod i 'di pleidleisio i adael yr Undeb Ewropeaidd ym mis Mehefin eleni. Dyw profiadau fel'na ddim yn gadel rhywun.

Ond o'n i'n ffodus 'mod i wedi parhau i dorri gerddi pobl leol ar y penwythnose, oherwydd ro'dd y sgilie hynny'n rhai 'trosglwyddadwy'. Ges i waith yn adran cynnal a chadw tiroedd y Cyngor Sir, a phan a'th pethe'n dynn iawn ro'dd perchennog y bwthyn, sef cyfnither fy nhad, yn ddigon caredig i ostwng y rhent y gaea hwnnw.

Yr haf canlynol mi gwrddes i â Claire. O'n i wrthi'n torri'r gwair yn yr ysgol gynradd leol pan weles i hi'n brasgamu tuag ataf... i gwyno bod sŵn y peiriant yn amharu ar y wers gerdd oedd ganddi ar y gweill ar y pryd.

'Os y'ch chi moyn, mi ddof i mewn i'r dosbarth â'r *strimmer* a gallwn ni berfformio deuawd,' dywedais.

Rhoddodd wên fach. 'Ydach chi'n hoff o gerddoriaeth arbrofol fel Cage a Stockhausen?'

'Yn bendant. Dwi'n gallu bod yn arbrofol iawn 'fyd, yn enwedig fel rhan o ddeuawd,' atebais gan wenu'n ôl arni.

Gymerodd hi dair diod fawr yn y dafarn ar ôl i'r ysgol orffen y noson 'ny, tamed bach o falu awyr – gan osgoi trafod gormod ar Stock a Cagehausen – a phedwar paced o Scampi Fries i'w chael hi i ymuno 'da fi ar y setî y noson honno.

A dyna ni. Fe symudodd hi mewn bythefnos yn ddiweddarach.

Ond naw mis wedi hynny ges i fy nharo gan daranfollt am yr eildro pan ddywedodd Claire ei bod am ddechrau teulu cyn gynted â phosib. Efalle taw 'na pam ei bod hi mor genfigennus o Ffred.

'Wrth gwrs, mi fydd yn rhaid i'r ci 'na fynd pan gawn ni blant,' meddai, gan lusgo Ffred oddi ar y setî a'i wthio i'r llawr cyn eistedd yn fy ymyl.

'Mae hi braidd yn gynnar i sôn am blant,' atebes.

'Rwyt ti'n clywed cymaint o straeon am gŵn yn ymosod ar blant, yn enwedig babanod.'

'Ond Jack Russell yw e. Maen nhw'n grêt 'da plant. Mae'n gi fflonsh, ychan,' atebais gan godi Ffred oddi ar y llawr a'i osod yn ôl ar y soffa.

'Dwi ddim yn 'i drystio fo. Mae o'n edrych fel hen gi slei i mi.'

'Pwy? Ffred?' chwarddes, gan gosi Ffred dan ei ên. 'Drycha, ma' 'da fe dri blewyn o dan ei ên. Arwydd ei fod e'n gi o'r safon ucha.'

'Hmmm. Mae o'n bihafio o dy flaen di, ond dwi wedi'i ddal o'n cuddio petha ar hyd y tŷ.'

'Pa fath o bethe?' gofynnes, gan sylwi ar Ffred yn edrych yn ddiniwed arna i.

'Ddaliais i o'n dod â phawen cwningen i mewn a'i chuddio dan y gwely ddoe. Ac mi gafodd afael ar weddillion y lamb shank 'na gest ti i ginio dydd Sul a cheisio'i wthio fo i lawr ochor y setî.'

'Ond fel'na mae cŵn. Dy'n nhw ddim yn gwybod pryd gawn nhw fwyd nesa. Ma'n naturiol iddyn nhw gadw stash bach fan hyn a fan draw, rhag ofn... yr un fath â ti'n cadw'r bariau siocled 'na yn y drâr ar bwys y gwely.'

Y gwir o'dd ei bod hi wedi dechre mynd yn bach o wampen jogel yn ddiweddar. Gwgodd Claire am ennyd cyn rhoi cynnig arall arni.

'Dy seboni di mae'r ci 'na am ei fod o'n dy weld di'n bwyta anifeiliaid eraill sydd wedi'u lladd. Mae o ofn mai fo fydd nesa os na fydd o'n dy blesio di. Ti'n ffŵl os wyt ti'n meddwl 'i fod o'n dy garu di.'

O'dd Claire yn lysieuwraig, chi'n gweld. O'n i eisoes wedi gorfod dechre hongian fy ffesantod yn y sied ar waelod yr ardd i'w chadw'n hapus. O'dd hi hefyd wedi dechre fy mhoeni i roi'r gorau i fyta cig. Ond o'dd pardduo enw Ffred un cam yn ormod. Do'dd y ci ddim yn mynd i unman.

'Be callach ydw i o werthu twll 'y nhin a gorfod cachu drwy 'ngochor, yr hen Sachabwndi,' o'dd fy ngair ola ar y mater. Fe symudodd hi allan erbyn diwedd yr wythnos, gadel yr ysgol ar ddiwedd tymor yr haf, a cha'l swydd fel athrawes yn Sir Benfro yn, ôl y sôn. Weles i mohoni byth eto.

*　*　*

Rwy'n edrych ar Ffred yn gorwedd ar y setî.

Pymtheng mlynedd gyda'n gilydd. Daeth y diwedd yn gloi, diolch byth. Ddwedais i ddim byd wrth i'r fet roi Ffred i gysgu. Ddwedais i ddim byd chwaith wrth imi gario corff Ffred wedi'i lapio yn ei hoff flanced allan o'r filfeddygfa. Wrth imi basio Vicky ar fy ffordd allan gofynnodd yn dawel yn Saesneg, 'Royal Oak? Saith o'r gloch nos Sadwrn?' Amneidiais fy mhen i gytuno.

Penderfynes ei bod hi'n amser imi ddechre o'r newydd. Daeth Ffred a'r setî i'r bwthyn ar yr un pryd felly roedd hi'n addas bod y ddau'n gadel yr un pryd, 'da'i gilydd.

Cofies i 'fyd am y fenyw ar y bws yn sôn am angladdau anifeiliaid anwes. Byddai Ffred yn cael yr angladd roedd e'n ei haeddu, rhyw fath o *Viking burial.*

Symudes i'r setî allan o'r bwthyn a'i llusgo i waelod yr ardd, cyn rhoi Ffred yn ei flanced arni, arllwys disel dros y cyfan a'i gynnau. Wrth imi wylio'r fflame'n cydio ddechreues i hel atgofion.

Cofies fynd am dro ar hyd caeau cyfagos yng nghwmni Ffred. Roedd o leia dwsin o gwningod yno a dechreuodd Ffred eu cwrso gan wneud iddyn nhw sgathru i bob cyfeiriad. Ro'dd ei lygaid yn pefrio ac ro'dd e'n wban yn ddi-baid am ei fod yn benwan walics. Gwenes wrth gofio iddo ganolbwyntio cymaint ar gwrso un gwningen nes iddo neidio dros un arall a redodd ar draws ei lwybr. Y tro hwnnw fe ddaliodd Ffred ei brae. Siglodd wddf y gwningen yn wyllt am eiliad neu ddwy cyn ei rhyddhau. Yna safodd yn dawel am rai eiliadau uwchben y corff cyn eistedd yn hollol ddifater gerllaw. O'dd e wedi colli pob diddordeb yn y gwningen.

Sylweddoles i fod Ffred a finne o'r un anian. Fe allwn i fod wedi cyd-fyw gyda phob un o'm hen gariadon ond ro'n inne, fel Ffred, yn colli diddordeb pan o'dd cyffro'r cwrso wedi dod i ben. A nawr o'n i 'fyd yn heneiddio. Sawl cwningen oedd ar ôl imi eu cwrso dros y caeau?

Dwi'n gwylio'r ddau'n llosgi a'r gorffennol yn cilio. Ond dyw popeth o'r gorffennol ddim yn cilio. Crwydra fy meddwl yn ôl at y fferm a dyddiau fy mhlentyndod unwaith eto.

Chware cuddio o'n i 'da fy mrawd iau pan o'n i oboiti wyth mlwydd oed ac yntau oboiti pedair oed.

O'dd hi'n ddiwrnod canol haf crasboeth a'r gwair yn canu yn y caeau, yn barod i'w fyrnu. Eisteddai'r ddau ohonom ar yr ychydig fyrnau oedd ar ôl yn y sied wair ers y gaeaf. O'dd gweddill y teulu yn y caeau'n casglu'r gwair at ei gilydd, a fi felly oedd yn gofalu am y strab ac yn gyfrifol am ei gadw allan o drafferth. Y ffordd ore o'i ddiddanu oedd chware cwato. Dwi'n ei weld nawr, yn eistedd o 'mlaen i ac yn gafel yn jiogel yn ei degan He-Man o *Masters of the Universe*, 'da darn o glengen yn ei geg. Fy nhro oedd hi i gyfri a'i dro ef i gwato. O'dd e'n mynd i gwato yn yr un man bob tro, sef y goedlan yn y pant ger y fferm, am fod Mam a Dad wedi'n rhybuddio ni droeon i beidio â chware ar y clos. Ond y diwrnod hwnnw, am ryw reswm, fe benderfynodd ddod o hyd i fan newydd i gwato.

'Dere mla'n, He-Man,' meddai gan godi ar ei

draed, wrth i minnau roi fy nwylo dros fy llygaid a dechrau cyfri i gant. 'Un... dau... tri...' Wrth gwrs do'dd fy llygaid i ddim ynghau am hir iawn oherwydd o'n i am weld i ble roedd e'n mynd fel na fydde'r dasg o ddod o hyd iddo'n rhy llafurus ar ddiwrnod mor grasbo'th. Ond dalies ati i weiddi'n uchel, 'pedwar... pump... chwech...'

Gweles i e'n dechre rhedeg ffwl-pelt tuag at y goedlan, cyn oedi am eiliad, rhoi He-Man wrth ei glust fel petai'n gwrando arno fe, a dechre rhedeg yn ôl at glos y fferm. Gwylies i e drwy slatiau'r sied yn rhedeg tuag at y clos. O'n i'n gwbod ei fod yn anelu at dwlc y moch.

Weles i 'mo'r tractor yn dod o waelod y clos. Chlywes i mohono chwaith am fy mod i'n dal i weiddi 'un deg wyth... un deg naw... ugain.' Y peth olaf a weles i oedd fy mrawd yn troi, a'r braw ar ei wyneb bach cyn i'r tractor a'r *loader* ei daro.

'Ffred!' gwaeddes, gan neidio lawr o'r byrne a rhedeg tuag ato. Sai'n cofio rhyw lawer ar ôl hynny heblaw am weld braich fach Ffred yn dal yn dynn yn He-Man ger olwyn flaen y tractor. Cyn imi fynd yn nes ces i fy ysgubo i'r awyr ym mreichiau Barry, fy mrawd mawr, a'm cario i'r ffermdy.

Fe wnaeth Mam a Dad eu gorau i'm cysuro a

dweud nad fy mai i oedd y ddamwain. Ond o'dd pawb yn gwbod yn y bôn taw fi o'dd yn gyfrifol. 'Na pam nad o'n i am wneud dim â'r fferm, a'r rheswm pam y gadewes i'r lle cyn gynted ag y gallwn, yn un ar bymtheg o'd.

Pwy 'se'n dewis bod yn gyfrifol am blant? Ma' edrych ar ôl ci bach yn llai o drafferth o lawer.

* * *

Roedd John a'i ffrind, Roy, yn eistedd yn nhafarn y Royal Oak y nos Sadwrn ganlynol pan gerddodd menyw drwsiadus i mewn i'r bar. Edrychodd o'i chwmpas yn betrus.

'Chwilio am rywun?' gofynnodd John, cyn ailofyn y cwestiwn yn Saesneg pan welodd nad oedd hi'n ei ddeall.

'Na... na ro'n i'n hanner disgwyl gweld... dyw e ddim yn bwysig,' atebodd y fenyw yn Saesneg.

'Y'ch chi wedi edrych yn y bar arall?' gofynnodd Roy.

'Diolch, mi wna i hynny,' atebodd y fenyw.

Trodd Roy at ei ffrind. 'Dawel 'ma heno, John.'

'Ti heb glywed?'

'Clywed beth?'

'Mae pawb 'di bod yn yr angladd, ychan. Ma'r cynhebrwng yn y Ram.'

'Angladd pwy? Sai 'di bod mas o'r tŷ ers dydd Llun. Hen annwyd trwm.'

'Meic... mab Dai Richards, fferm Pant-yr-Onnen. Bu farw ddydd Llun. O be ddealles i, trigodd ei gi y diwrnod hwnnw, ac am ryw reswm fe benderfynodd amlosgi'r ci ar hen setî yn yr ardd. Ond o'dd nifer o fwledi yn y setî... ac mi dasgodd un ohonyn nhw i'w ben a'i ladd yn y fan a'r lle.'

'Bois bach. Pam yn y byd o'dd bwledi yn y soffa?'

'Setî, nid soffa. Dy'n nhw ddim yn gwybod. Ma'n nhw'n deud ei fod e'n agos iawn at yr hen gi, a'i fod wedi rhoi'r bwledi yn y setî fel rhyw fath o Russian Roulette.'

'Pa frîd oedd y ci?'

'Jack Russell, dwi'n credu.'

'Hen gŵn slei... yr hen Jack oedd wedi'u cwato nhw, does dim dwyweth amdani. Ma'n nhw'n fwy cyfrwys na men'wod, 'chan,' meddai Roy, gan orffen ei ddiod a chodi i fynd at y bar.

Claire de Lune

Cysylltodd Martin efo fi ym mis Ionawr i ddeud 'i fod o isio cael gwersi piano er mwyn gallu chwara 'The Lady in Red' gan Chris de Burgh ym mharti pen-blwydd hanner cant 'i wraig, Lynwen, ddiwedd mis Gorffennaf.

'Dim problem, Martin,' medda fi ar ddiwedd ei wers gynta. 'Dwi'n gweld bod ganddoch chi fysedd hir, ystwyth... dwylo pianydd. Dwi'n siŵr y gallwn ni goncro "The Lady in Red" heb sôn am "I Just Called to Say I Love You", a gyda chydig o lwc, "Candle in the Wind" ymhen chwe mis.'

Esboniodd Martin ei fod o'n mynd i nofio ddwywaith yr wythnos, ac y gallai o smalio mynd i'w sesiwn awr yn y pwll bob nos Iau a dod i wers biano yn lle hynny.

'Dwi wedi bod yn nofio bob nos Iau ers deng mlynedd. Fydd Lynwen yn amau dim. Alla i ddim aros i weld ei hwyneb hi pan chwaraea i ei hoff gân iddi.'

'Ond fydd gynnoch chi biano i ymarfar arno

rhwng y gwersi, Martin?' gofynnais. 'Mae hynny'n hollbwysig.'

'O, bydd. Mae gennyn ni ffrindiau sy'n berchen ar biano. Maen nhw'n gwybod popeth am y cynllun ac mi alla i fynd draw atyn nhw pan fydd Lynwen yn gweithio shifftiau hwyr. Mae hi'n rheolwr yn Tesco yn Hwlffordd. Peidiwch â phoeni. Dwi wedi trefnu popeth, Mrs Moon.'

'*Ms* Moon,' meddwn inna.

Ond dwi 'di mynd ar ras wyllt rŵan yn do, fel taswn i'n chwara concerto piano gan Clara Schumann ac yn dechra'r *adagio* cyn gorffan yr *allegro*. Mae'n ddrwg gen i. Well imi ddechra o'r dechra.

Syniad fy lojar, Desmond, oedd 'mod i'n cynnig gwersi piano. Roedd y piano'n segur yn y parlwr, dach chi'n gweld, ac ro'n i'n dal i straffaglu i dalu'r morgais ar ôl i Nigel adael. Mi oeddan ni'n briod am ddwy flynedd. Fi a Nigel. Nid fi a Desmond.

Anrheg priodas gan Mam a Dad oedd y piano, ac mi oedd o wedi bod yn y teulu ers dyddia Nain. Duck, Son & Pinker. Bath & Bristol. Hwn ydi'r offeryn y bues i'n ymarfer arno ar gyfer fy arholiada piano ym Mhwllheli, nes imi basio gradd wyth. Wedyn, mi adawais Ben Llŷn i 'studio cerdd yn y coleg. Tydi o ddim yn Bechstein nac yn Blüthner, dwi'n cyfadda, ond mae'r piano 'di bod yn rhan o fy mywyd i erioed, ac erbyn hyn mae o'n agos iawn at 'y nghalon i.

'Bydde swm o arian wedi bod yn well na'r hen biano 'na. Gobeithio nad oes pryfed ynddo fe,' meddai Nigel ar y pryd. Roedd Nigel yn gallu bod yn anwaraidd iawn o ystyried bod ganddo radd mewn Ffrangeg – iaith Debussy a Satie.

Mi wnaethon ni gyfarfod pan ymunais i â chôr lleol sbel ar ôl imi symud i Hwlffordd, tua chwe mlynedd yn ôl. Ro'n i wedi penderfynu chwilio am swydd newydd fel athrawes ysgol gynradd ar ôl i 'mherthynas i a Meical chwalu.

Fy mhroblam i ydi 'mod i'n graduras ramantus, a byrbwyll yn ôl rhai. Oherwydd hynny dwi 'di gwneud smonach ohoni fwy nag unwaith dros y blynyddoedd dwytha 'ma drwy boetsian gormod efo dynion.

Dwi'n un o draddodiad hir o ferchaid sy'n canu'r piano sydd wedi diodda dan law dynion. Gofynnwch i Fanny Mendelssohn, Clara Schumann a Louise Farrenc. Neu gofynnwch i mi, i ddefnyddio'r *mot du jour*, fel bydda' Nigel yn arfar ddeud.

Fy nghamgymeriad cynta, yr hulpan wirion i mi, oedd symud i mewn efo Meical fis ar ôl inni gwarfod. Ro'n i newydd ddechra fy swydd gynta yn dysgu mewn ysgol gynradd, ac roedd o mor wahanol i'r hogia ro'n i wedi'u nabod yn y coleg. Gan ei fod o dipyn go lew yn hŷn na fi, mi gym'rais yn ganiataol ei fod o'n fwy aeddfed. Roedd o'n beth del iawn hefyd, rhaid i mi ddeud. Dyna'r peth cynta i mi sylwi arno pan gerddis i allan o'r stafell ddosbarth un bore i roi ram dam iddo am fod sŵn ei strimar yn amharu ar fy ngwers.

'Os y'ch chi moyn, fe ddof i mewn i'r dosbarth â'r *strimmer* a gallwn ni berfformio deuawd,' meddai.

'Ydach chi'n hoff o gerddoriaeth arbrofol?' gofynnais.

'Yn bendant. Dwi'n gallu bod yn arbrofol iawn 'fyd, yn enwedig fel rhan o ddeuawd,' atebodd gan wenu.

'Peidiwch â bod mor hy' ac anwaraidd,' medda fi, gan droi ar fy sawdl a dychwelyd i'r dosbarth. Ond chlywais i 'mo'r strimar am weddill y bore. Yn ystod fy egwyl ginio mi benderfynis i fynd i ddiolch iddo am fod mor ystyriol. Roedd o'n ista yn ei fan ym maes parcio'r ysgol yn byta'i ginio.

'Does dim rhaid ichi ddiolch i fi, ond fe allech chi ddod am ddiod 'da fi heno imi gael dysgu bod yn fwy gwaraidd,' medda fo, gan wenu'n ddireidus.

Dwi ddim yn siŵr pam y derbyniais i'r cynnig. Ella

am fy mod i'n unig mewn ardal anghyfarwydd ac yn teimlo 'mod i'n canolbwyntio gormod ar fy ngwaith. Neu ella am ei fod o'n gymaint o bishyn. Beth bynnag, erbyn diwadd y noson ro'n i efo fo ar y setî yn ei fwthyn. Ac erbyn diwedd y mis, roeddan ni'n cyd-fyw.

Ro'n i wedi gwirioni ar y syniad o fyw mewn bwthyn yng nghanol y wlad a sefyll ar ben bryn efo'r gwynt yn chwyrlïo drwy fy ngwallt fel Catherine Earnshaw yn aros am Heathcliffe. Ond mi fysa hynny 'di bod yn anodd a deud y gwir am fod gen i wallt byr. Mae o'n llai o drafferth.

Yn anffodus, doedd Meical ddim cweit gymaint o foi ag o'n i'n meddwl oedd o. Dwi ddim am ymhelaethu'n ormodol ond fasa'r cradur ddim wedi cael *distinction* na *merit* – na hyd yn oed *pass* – ar noson dda. Ac mi fethais i'n llwyr â'i wareiddio fo.

'Er bod gen ti ddwylo garw, mae gen ti fysadd hir sy'n berffaith ar gyfer chwara'r piano,' medda fi wrtho yn y gwely un noson, gan ddal ei law.

Cymerodd fy nwylo a'u hanwesu nhw, a deud, 'Ac mae gen ti ddwylo bach sy'n berffaith ar fy nghyfer i.'

'Siort ora. Pam?'

''So ti wedi clywed y dywediad "dwylo mawr, coc

bach. Dwylo bach, coc mawr"?' meddai, gan chwerthin yn uchel.

Mi ddaeth yn amlwg y bysa'n rhaid i mi feddwl am ffordd o ddod â'r berthynas i ben heb frifo'i deimlada fo. Roedd gan Meical Jack Russell bach. Dwi ddim yn cofio'i enw fo, ond mi oedd o'n hen beth bach sgyrnygllyd, annifyr efo pawennau budr. Mi gwynais yn ddi-baid am y ci, gan wybod yn iawn be fysa'r ymateb pan fynnais fod y ci neu finna'n gorfod mynd.

Mi ddylsa rhywun ddysgu o'i gamgymeriada, ond wnes i ddim. Roedd fy mhenderfyniad i briodi Nigel bum mlynedd yn ôl yn brawf o hynny.

Mi briodon ni o fewn blwyddyn i ddechra canlyn – fy ail gamgymeriad. Ond o leia roedd Nigel yn ddiwylliedig a gwaraidd, efo dwylo llyfn a'r bysedd hir 'na sy'n angenrheidiol i fod yn *maestro concertatore*. Doedd o ddim mor olygus â Meical, ond maen nhw'n deud mai'r da-da mwya blasus yn aml ydy'r rhai sydd wedi'u lapio mewn papur plaen.

Y peth naturiol ar y pryd oedd rhannu fflat efo'n gilydd, a'r cam nesa oedd priodi.

'Mae'n od meddwl nad ydw i'n Claire Moon bellach, ond yn Claire Richards,' medda fi wrth Nigel ar noson gynta'n bywyd priodasol.

'Bydd yn rhaid imi dy alw di'n rhywbeth gwahanol i *Claire de Lune* o hyn ymlaen 'te,' medda fynta. Felly 'fy *boule de suif*' oedd ei enw cyfrin o arna i ar ôl hynny – 'Fy mhilipala prydferth' oedd ystyr hynny, yn ôl Nigel. Taswn i'n gwbod ar y pryd mai ystyr *boule de suif* oedd 'pelen o saim' mi fyswn i wedi meddwl ddwywaith cyn ei briodi o.

Mi fuon ni'n trio'n gora glas i ddechra teulu, ond heb unrhyw lwc am flwyddyn a hanner. Cafodd y ddau ohonon ni brofion a chanfod fy mod i, i ddyfynnu Nigel, yn ddiffrwyth. Wrth gwrs, mi ddeudodd Nigel ar y pryd 'i fod o'n dal i 'ngharu i ac y dylen ni ystyried mabwysiadu neu driniaeth IVF. Ond mi dda'th adra o'r gwaith chwe mis yn ddiweddarach a deud ei fod o wedi cwarfod rhywun arall. Diane. Athrawes Ffrangeg arall yn yr un ysgol. Mae'n amlwg na fyddai o'n ei galw hi'n *boule de blydi suif*. Tenau fel Twiggy, fel y bydda Nain yn deud.

'Wnes i ddim arwyddo cytundeb i fyw bywyd heb blant,' meddai Nigel. 'Ro'n i'n meddwl y byddet ti, o bawb... gyda'r cluniau anferth 'na... yn gallu cael babi.'

Roedd hynny dair blynedd yn ôl – maen nhw'n briod efo dau o blant erbyn hyn, ac yn byw a dysgu rwla yn y Cymoedd. Port Talbot, os cofia i'n iawn. Nid bod gen i unrhyw ddiddordeb.

Mi dreuliais i'r diwrnod ar ôl i Nigel ada'l yn chwarae darnau gan fy hoff gyfansoddwr, Clara Schumann. Mae chware'r piano wastad wedi bod yn gysur mawr i mi ar adega anodd mewn bywyd. Unwaith mae fy mysadd i'n cyffwrdd â'r allweddau dwi'n dianc rhag pob gofid ac yn ymgolli yn y miwsig. Mae'n bleser pur chwarae darnau Clara gan ei bod hi wedi diodda cymaint ar ôl i'w gŵr, Robert, drio lladd ei hun yn ystod pwl o iselder. Yn waeth na hynny, chafodd hi ddim gweld ei hanwylyd yn y seilam am ddwy flynedd, tan ddiwrnod ola'i fywyd.

Mi gofiais i, wrth i mi chwarae 'Scherzo Rhif 2 yn C Leiaf' y diwrnod hwnnw, sut roedd Clara druan wedi diodda llawer mwy na fi, ac mi roddodd hynny'r nerth i mi ddal ati.

Mi benderfynis i aros yn ein cartref priodasol. Roedd Nigel a finna wedi bod yn ennill cyflog digon da i fedru prynu tŷ gwerth £300,000 ar stad ar gyrion y dre. Ro'n i wedi mynnu ein bod ni'n cael cartref chydig mwy chwaethus na'r *starter homes* ffiaidd 'na. Hefyd, roeddan ni'n bwriadu dechra teulu 'whap', fel maen nhw'n deud yn y de.

Ar ôl i Nigel adael ro'n i'n bwriadu trio talu'r morgais fy hun, ond doedd cyflog athrawes gynradd wyth ar hugain oed ddim yn ddigon i mi fedru talu'r biliau a byw'n gyfforddus.

Ond duwcs, mi fûm i'n lwcus. Roedd Desmond wedi dechra gweithio fel cynorthwy-ydd dysgu yn yr ysgol gynradd ryw chwe mis ynghynt. Mi fuodd o'n gwneud yr un swydd ym Manceinion ar ôl iddo raddio mewn Drama cyn i'w berthynas o a'i gariad, Russ, fynd yn ffliwt. Symudodd yn ôl i fyw at ei rieni i bentre bach ugain milltir i ffwrdd o 'nhy i, a chael swydd yn yr ysgol. Ond roedd chwe mis o fyw dan yr un to â rhieni oedd 'ddim yn deall gofynion dyn hoyw yn ei ugeiniau' yn ormod i'r cradur. Bachodd ar y cyfle, felly, i rannu tŷ efo fi, a helpu i dalu'r morgais.

'O leia alli di gysgu'n dawel gan wybod na fydda i'n neidio arnat ti yn dy wely,' meddai Desmond ar ôl iddo dderbyn y telerau, '...a fydda i ddim yn dod â neb 'nôl i'r tŷ – ar ôl fy mhrofiad 'da Russ dwi'n hollol *celibate*... am byth.'

Gweithiodd y trefniant yn dda er na lwyddodd Desmond i gadw at un o'i addewidion: cyn hir roedd 'na ribidirês o ddynion yn mynd a dod ar benwythnosau. Ond doedd hynny'n styrbio dim arna i. Ro'n i wedi hen arfer efo rhoi plygiau yn fy nghlustiau am fod Nigel yn chwyrnu fel mochyn... neu *cochon* fel y bysa fo wedi'i ddeud.

Ond roedd petha'n dal i fod yn dynn arna i'n

ariannol. Ar ben hynny, mi oedd swyddi Desmond a finna yn y fantol am fod y Cyngor Sir bondigrybwyll yn bwriadu adolygu bodolaeth yr ysgol oherwydd bod llai na deg ar hugain o blant ar y gofrestr.

Mi gawson ni'r syniad am y gwersi piano pan oedd Desmond yn gwrando arna i'n chwarae ryw bnawn Sul, a fynta'n gorwedd ar y *chaise longue* yn diodda efo penmaen-mawr ar ôl anturiaethau'r noson cynt. Ro'n i wrthi'n chwarae 'Notturno yn G Leiaf' gan Fanny Mendelssohn ar y pryd – darn byr reit *depressing*. A dwi'n synnu dim, achos roedd Fanny druan yn gorfod aros adra i chwarae ei chyfansoddiadau i griw bach o ffrindia tra oedd ei brawd hi, Felix, yn jolihoitian o gwmpas Ewrop yn perfformio'i gerddoriaeth. Y batriarchaeth ar waith go iawn.

'Mae'n rhaid iti fy nysgu i i ganu'r piano, Claire,' medda Desmond ar ôl imi orffen y darn. 'Rwy wedi ysu i ganu'r piano ers o'n i'n fach, ond roedd Dad yn mynnu 'mod i'n mynd i jiwdo yng Nghaerfyrddin. Wedi dweud hynny ro'n i'n dwlu ar jiwdo... cyfle imi roi *cuddles* i'r plant eraill cyn iddyn nhw fy nhaflu i ar y llawr.' Tawelodd Desmond am eiliad neu ddwy cyn neidio oddi ar y *chaise longue*. 'Dyna ni... plant!'

'Be?' gofynnais yn ddiamynedd, gan 'mod i ar

dân isio chwarae 'Concertstück yn C Leiaf' gan Cécile Chaminde.

'Mae gen i syniad ar gyfer ennill mwy o arian i dalu'r morgais. Pam na wnei di ddechrau dysgu plant i ganu'r piano?' gofynnodd Desmond, gan guro'i ddwylo. 'Mae gen ti radd mewn cerddoriaeth ac rwyt ti wedi pasio pob un o'r arholiadau piano. Ro'n i'n nabod ambell fyfyrwraig ym Manceinion oedd yn rhoi gwersi piano – ro'n nhw'n codi pymtheg punt am hanner awr a doedd ganddyn nhw ddim hanner cymaint o gymwysterau â ti,' ychwanegodd.

Roedd yn rhaid imi gyfadda'i fod o'n syniad da.

Dyna fy nhrydydd camgymeriad. O, dwi'n hulpan wirion. Mynd i fyw at Meical, priodi Nigel, a rŵan fy mhenderfyniad i wrando ar gyngor Desmond, yn goron ar y cwbwl.

Mi fues i'n holi a stilio i gael gwbod pwy oedd 'y gystadleuaeth' yng ngeiriau Desmond. Dim ond tair athrawes biano oedd yn byw yn y dre, a doedd neb arall yn cynnig y gwasanaeth o fewn dalgylch o ddeng milltir. Roedd Desmond wrth 'i fodd pan rois i'r newyddion da iddo.

'Perffaith! Mae'r ffaith fod Sir Benfro'n anialwch cerddorol o'n plaid ni. Mae tua deng mil o bobl yn byw yn y dref 'ma, a thua'r un faint yn y pentrefi cyfagos. Mae'n rhaid iti roi cynnig arni. Does dim byd 'da ti i'w golli.'

Aeth Desmond ati felly i ffonio'r athrawon eraill i holi faint roeddan nhw'n ei godi am wersi, ac roedd o yn 'i elfen yn arbrofi efo lleisia ac acenion gwahanol. Mi gafodd wybod bod y tair athrawes yn dysgu tua ugain o blant yr un, a'u bod nhw'n codi ugain punt am wers hanner awr.

'Mae'n amlwg fod y tair mewn *cartel* i gadw prisiau'r gwersi yr un fath,' meddai Desmond. Felly mi benderfynis i godi pum punt yr awr yn llai na nhw er mwyn gallu cystadlu.

Yna dechreuodd yr ymgyrch hysbysebu o ddifri. Mae Desmond yn chwip am ddylunio – fo oedd yn gyfrifol am bosteri a chyhoeddusrwydd holl berfformiadau'r adran ddrama pan oedd o'n fyfyriwr ym Manceinion – felly roedd y posteri a'r cardiau'n wych. Chwaethus. Llun piano a nodyn yn lle'r 'd' ar yr enw Claire de Lune, sef enw'r cwmni newydd. Y cam ola oedd gosod y posteri yn siopau'r dre a'r pentrefi cyfagos, a holl ysgolion yr ardal.

Mi fu'r ymgyrch hysbysebu'n llwyddiannus iawn. O fewn mis mi oedd gen i bymtheg disgybl, y rhan fwya ohonyn nhw'n gyn-ddisgyblion i *doyenne* yr athrawon piano lleol, Eirian Rees. Mi aeth bob dim yn champion am gyfnod nes i un o'r rhieni ofyn am gael gair efo fi ar ddiwedd gwers, ychydig fisoedd yn ddiweddarach.

'Roedd Miss Rees yn rhy galed ar ei disgyblion. Ro'dd Ffion yn aml yn ei dagrau ar y ffordd adre o'r wers, a dyna pam benderfynes i ddod â hi atoch chi. Ond mi gafodd hi *distinction* yng Ngradd I a II gyda Miss Rees, ac mae'r *pass* gafodd hi gyda chi yng Ngradd III yn siom. Wedi dweud hynny, mae Ffion yn hapusach o lawer yn cael gwersi 'da chi, felly dwi'n siŵr y caiff hi *distinction* arall yn yr arholiad Gradd IV... nawr eich bod chi'n nabod eich gilydd yn well,' meddai mam Ffion gan gnoi ei gwefus.

Mi ges i sgwrs debyg efo nifer o'r rhieni eraill dros y misoedd canlynol. *Pass* arall gafodd Ffion, a bob yn dipyn mi ddechreuodd y disgyblion fynd yn ôl at Miss Rees, wrth iddyn nhw fethu â chyrraedd y brig yn eu harholiadau.

'Wyt ti'n cofrestru'r plant gyda'r un bwrdd arholi â Miss Rees?' gofynnodd Desmond pan soniais i wrtho 'mod i'n colli disgyblion.

'Ydw. Y Coleg Cerdd Brenhinol. Mae'r arholwr yn dod yma i arholi'r plant yr un diwrnod ag y mae o'n arholi disgyblion Miss Rees.'

'Hmmm. Beth am roi cynnig ar lwgrwobrwyo'r arholwr? Mae'n siŵr mai dyna beth mae hi, Miss Rees, a'r ddwy arall yn ei wneud,' awgrymodd Desmond.

'Paid â bod yn hurt! Mae arholwyr yn bobl uchel eu parch. Beth bynnag, arholwr gwahanol sy'n dod bob tro.'

'Wy'n gwybod. Fi sy'n gwneud te iddyn nhw,' atebodd Desmond gan ddynwared llais un o'r arholwyr yn berffaith. 'Nae bad... nae bad at all, ma' wee bairn,' meddai Mistar Alex McLeish.

'Ddyliat ti fod wedi gwneud gradd mewn drama,' medda fi wrtho.

Chwarddodd Desmond. 'Mae'n siŵr bod 'na fyrddau arholi eraill ar gael?'

'Oes.'

'Newidia i fwrdd arholi arall 'te, un sy'n fwy tebygol o roi *distinction* i'r plantos. Mae'n rhaid iti ymuno â'r farchnad rydd, Claire. Dyw pobl ddim yn poeni am safonau. Maen nhw am i bobl eraill weld eu bod nhw'n llwyddo, ac mae tystysgrif yn profi hynny. Y cyfan mae'r rhieni'n poeni amdano yw bod eu plant nhw'n cael *distinction* yn lle *merit* neu *pass*. Ti'n cofio yn y *Wizard of Oz* sut mae'r dewin yn rhoi'r dystysgrif i'r bwgan brain er mwyn iddo allu profi bod ganddo ymennydd? Wel dyw'r dystysgrif ddim ar ei gyfer e, nagywe? Ond er mwyn i bobl eraill feddwl 'i fod e'n glyfar.'

'Y Northern College of Music amdani 'ta,' medda fi.

Ond aflwyddiannus fu'r penderfyniad i newid y bwrdd arholi. Roedd nifer y disgyblion wedi syrthio o bymtheg i chwech erbyn canol mis Chwefror, a hynny'n golygu 'mod i'n ennill llai na chanpunt yr wsnos. Ar ben hynny, gawson ni ergyd drom ar ddechra mis Mawrth pan benderfynodd cabinet y Cyngor Sir gau'r ysgol roeddan ni'n dau yn dysgu ynddi ar ddiwedd tymor yr haf.

Cwta bum mlynedd fues i'n gweithio yn yr ysgol felly roedd y taliad diswyddo'n un pitw. Roedd taliad Desmond yn llai byth am mai dim ond blwyddyn y bu yno. Mi ges i wybod hefyd na fyddai swyddi ychwanegol ar gael yn yr ysgolion y byddai'r plant yn symud iddyn nhw. Mi fyddai'r ddau ohonon ni'n ddi-waith, felly, ymhen pedwar mis.

Yn waeth, yr wsnos ganlynol, mi ges i andros o ddos o'r ffliw a bu'n rhaid i mi aros adra o'r gwaith am dridia. Ac i goroni'r cwbwl, wrth i mi orwedd ar fy soffa yn gwylio'r teledu un prynhawn, yn newid o un sianel i'r llall, mi welis i hogan oedd yn y coleg efo fi ar un o raglenni S4C. Rhythais yn gegagored wrth i Beth Jones rwdlan am goginio bwyd figan yng nghegin *Prynhawn Da*.

'Ac ers faint wyt ti, Beth, wedi bod yn figan?' gofynnodd y gyflwynwraig, ei dannedd mawr yn sgleinio fel Steinway.

'Ers f'arddegau cynnar, a dweud y gwir. Mae wedi gwneud byd o wahaniaeth i'm hiechyd i, yn gorfforol ac yn feddyliol,' atebodd Beth.

'Gwych…' atebodd y gyflwynwraig. Chlywais i 'mo'r cwestiwn nesa am 'mod i wrthi'n gweiddi ar y teledu, 'Ond dydi o'm 'di gwneud unrhyw les i dy gof di nac'di, Bethan, yr ast gelwyddog!'

Dwi'n cofio'n iawn iddi dreulio tair blynedd yn neuadd breswyl y coleg yn byw bron yn gyfan gwbl ar beis bîff a *lasagnes* parod. A rwan, saith mlynedd yn ddiweddarach, roedd hi'n rhaffu clwydda am fod yn figan. Mae'n amlwg nad oedd ei deiet yn gwneud llawer o les iddi achos mae hi'n dewach rŵan nag o'dd hi yn y coleg.

Nid Beth ydy'r unig un sydd wrthi chwaith. Mae'r teledu a'r cyfryngau cymdeithasol yn frith o bobl sydd naill ai'n deud clwydda amdanyn nhw'u hunain, neu'n creu delwedd newydd er mwyn bod yn 'ddylanwadwyr'. Mae'r 'arbenigwyr' bondigrybwyll 'ma ym mhob man, yn pregethu am iechyd meddwl, iechyd corfforol, delwedd corff, sut i wisgo, sut i goluro, sut i ymddwyn ac yn y blaen ac yn y blaen. Lle mae eu tystysgrifau nhw? Lle mae'r blynyddoedd o hyfforddiant sy'n rhoi'r hawl iddyn nhw fod yn arbenigwyr?

Chancers a fakes mae Desmond yn 'u galw nhw, ac mae o'n llygad ei le. Ro'n i wedi trio dilyn y drefn, dysgu chwarae'r piano'n gydwybodol, gwneud gradd mewn cerddoriaeth, ennill tystysgrif addysgu a gweithio mewn ysgol am bron i ddegawd. Ac yn ddiolch am hynny ro'n i'n wynebu bywyd ar y dôl. Mae'r byd erbyn hyn yn eiddo i'r rhai sy'n barod i ffugio a gwyro oddi ar y llwybr cul mae hulpan wirion fel fi'n ei droedio trwy f'oes.

Wrth imi orwedd ar y soffa y diwrnod hwnnw mi ddechreuais feddwl... pam na alla i wneud yr un peth?

Cerddais at y piano i feddwl mwy am y syniad, a chwarae 'Étude Opws 26' gan Louise Farrenc. Mi oedd hi'n ddynes benderfynol a chryf a fynnodd gyflog cyfartal am ei pherfformiadau yn y bedwaradd ganrif ar bymtheg. Wrth imi chwarae'r darn byrlymus a thymhestlog mi deimlais ysbryd Louise Farrenc yn fy meddiannu, a phenderfynu y byswn inna hefyd yn cwffio yn erbyn yr elfennau.

Dyna pryd y ffurfiwyd cnewyllyn y syniad fyddai'n trawsnewid fy mywyd i.

Rhannodd Desmond a finna sawl potelaid o win y nos Sadwrn ganlynol wrth i ni drafod ein dyfodol bregus.

'Mi fydd yn rhaid imi symud 'nôl i Fanceinion... at Gerard,' meddai Desmond, gan grychu'i wyneb. Esboniodd ei fod wedi cadw mewn cysylltiad â ffrind coleg oedd yn dal i fyw ym Manceinion. 'Mae wedi bod yn crefu am oesoedd i mi fynd yno. Roedd e ar fy ôl i fel diawl yn y coleg,' meddai.

'Duw a ŵyr beth ddaw ohona i,' meddwn inna. Ro'n i'n chwil gaib erbyn hynny a dechreuodd y dagrau lifo i lawr fy mochau. 'Tasa gen i ddigon o ddisgyblion piano mi fyswn i'n gallu cadw'r blaidd o'r drws nes i mi ga'l swydd arall,' medda fi'n ddagreuol.

'Faint wyt ti'n ennill fel athrawes?' gofynnodd Desmond.

'Chydig dros dwy fil o bunna'r mis cyn treth...'

'Pum can punt yr wythnos. Dim ond ugain awr o ddysgu piano bob wythnos yw hynny petaet ti'n codi pum punt ar hugain yr awr. Allet ti ddysgu oedolion sydd wedi ymddeol yn ystod y dydd ar ôl iti orffen yn yr ysgol ym mis Gorffennaf,' meddai Desmond. 'Ond byddai angen iti ddenu mwy o ddisgyblion. Dim ond chwech sydd 'da ti ar hyn o bryd.'

Ciledrychais arno, gan sychu'r dagrau o fy llygaid. 'Gad di hynny i mi,' medda fi, cyn wincio arno ac esbonio fy syniad. Ar ôl i mi orffen, mi chwarddodd o'n uchel a chodi'n simsan o'i gadair.

'Syniad gwych. Mae'n rhaid inni gael potel arall i ddathlu,' meddai cyn syrthio'n ôl yn gaib i'r gadair. Ac mi chwarddais inna hefyd, am y tro cynta ers hydoedd.

Yn wyrthiol, mi wellodd pethau'n arw ar ôl imi ddechra rhoi fy nghynllun ar waith. Mi gafodd pob un o'm chwe disgybl *distinction* yn eu harholiadau ar ddiwedd mis Mawrth. Tri Gradd I, Dau Radd II, ac un Gradd IV.

Llwyddiant yr eneth gafodd *distinction* yn ei harholiad gradd IV roddodd y pleser mwya i mi. Fyddai hi ddim yn torri gair efo fi yn ystod ei gwers wythnosol, ac er ei bod hi'n ddisgybl cydwybodol doedd ganddi ddim *brio* nag unrhyw empathi tuag at y darnau gosod. Ac ar ben hynny, mi oedd hi'n syllu arna i'n swrth fel taswn i ar fai am ei diffyg talent hi.

'Peidiwch â phoeni, mae hi fel'na 'da phawb,' meddai ei thad wrtha i.

Yr unig ymateb ges i ganddi erioed oedd pan gafodd hi'r *distinction* ar ôl cael *pass* yn yr holl arholiadau blaenorol. Dwi'n cofio iddi godi'i phen ar ôl edrych ar ei thystysgrif a gwenu arna i, cyn gadael efo'i thad heb ddeud gair. Ond mi oedd y wên honno wedi gwneud y cwbwl yn werth chweil.

Lledaenodd y newyddion 'mod i wedi cael *Grand Slam* ac yn raddol dechreuodd y disgyblion ddod yn eu holau. Erbyn imi orffen yn yr ysgol ar ddiwedd Gorffennaf, efo taliad diswyddo gwerth tair mil o bunnoedd, mi oedd gen i wyth ar hugain o ddisgyblion, a nifer o oedolion brwdfrydig yn eu plith.

Penderfynodd Desmond symud i Fanceinion pan gaeodd yr ysgol, ond mae o wedi bod yn ôl yn fy ngweld i fwy nag unwaith ers hynny, chwarae teg iddo fo.

Mi fu'n rhaid imi ehangu'r busnes drwy brynu allweddellau safonol, er mwyn gallu rhoi gwersi i bobl yn eu cartrefi. Y *coup de grâce*, fel y byddai Nigel yn ddeud, oedd pan ges i gytundeb gan y Cyngor Sir i gynnal gwersi piano i bobl hŷn, a hynny o fewn blwyddyn i gael fy niswyddo.

Roedd hynny dros flwyddyn yn ôl. Erbyn hyn mae gen i amserlen lawn a dwi'n ennill dros ddwy fil o bunnau'r mis. Mae gen i gariad newydd erbyn hyn hefyd, sef Toni, sy'n feddyg teulu. 'Dan ni 'di bod yn canlyn ers chwe mis – mi wnaethon ni gyfarfod pan benderfynodd hi ddod ata i am wersi piano. Roedd hi 'di cyrraedd gradd chwech yn yr ysgol cyn iddi roi'r gora' iddi i ganolbwyntio ar gael lle yn Ysgol Feddygol Abertawe. Mi glywodd hi am fy llwyddiant fel athrawes biano gan un o'i chleifion, ac mi benderfynodd hi fachu ar y cyfle i wneud graddau VII ac VIII.

Mae ei harholiad Gradd VIII hi yr wsnos nesa. Ond dwn i'm a fydda i'n ei gweld hi eto ar ôl i mi esbonio'r busnes efo Martin a'i wraig, Lynwen, iddi.

Mi ddaeth petha i benllanw pan gafodd Martin a finna ein dal gan Lynwen yn chwarae efo'n gilydd yn y stafell ffrynt bythefnos yn ôl. Ro'n i wedi gadael drws ffrynt y tŷ ar agor am 'i bod hi'n noson glòs o Orffennaf, ac mi ddaeth Lynwen dros y rhiniog yn gweiddi a chodi twrw, a'n cyhuddo ni o bob math o gambihafio.

'Rwy'n gwybod yn net be sy'n mynd ymlaen,' gwaeddodd, gan daflu drws y stafell ffrynt ar agor a gweld Martin a finne'n ista wrth y piano.

'Mae Martin yma efo fi am ei fod wedi bod yn cael gwersi piano ers dechra'r flwyddyn, er mwyn iddo allu chwarae yn eich parti pen-blwydd chi'n hannar cant,' medda fi'n dawel, heb gynhyrfu. 'Beth bynnag, sgin i ddim diddordeb mewn dynion bellach,' ychwanegais yn heriol, cyn troi at Martin ac amneidio arno i droi'n ôl at yr allweddau.

Dechreuodd Martin chwarae, gan godi'i ddwylo'n uchel – techneg wych... y fath angerdd, y fath gyffyrddiad. Doedd 'Chopsticks' erioed wedi swnio'n well.

'Chwe mis o wersi er mwyn dysgu chwarae "Chopsticks". Dewch mla'n,' meddai Lynwen yn wawdlyd.

Rhoddais nòd bach arall i gyfeiriad Martin, a ddechreuodd hwnnw chwarae 'The Lady in Red', yn araf i ddechra, ond yn raddol, efo mwy a mwy o hunanhyder. Edrychodd ei wraig arno efo cymysgedd o falchder ac embaras.

Dwi bron yn siŵr imi ei chlywed hi'n ebychu, 'O, Martin, fy hoff gân!'

Gorffennodd Martin y darn, yna codi o'r piano ac estyn i'w fag. Tynnodd dystysgrif Gradd 1 allan ohono a'i rhoi i'w wraig.

'Gradd 1. *Distinction.*' meddai, cyn cerdded allan

drwy'r drws. Doedd 'na ddim byd mwy i'w ddeud, nag oedd? Dydy merched fel Lynwen ddim yn haeddu dynion fel Martin.

Ffoniodd Martin fi dros y penwsnos i ddeud bod Lynwen wedi dechrau amau bod rwbath ar droed am nad oedd hi'n gallu arogli clorîn o'r pwll nofio ar 'i gorff o bob nos Iau. Mi fuodd hi'n ei ddilyn o i 'nghartra' i am bythefnos cyn gwneud ffŵl ohoni'i hun drwy ruthro i mewn.

Mi feddylis i y bysa bob dim yn iawn yn dilyn perfformiad ysgytwol Martin o 'The Lady in Red', ond ma' raid bod Lynwen wedi cysylltu â'r Northern College of Music, er i'w ffrindiau hi gadarnhau bod Martin wedi bod yn ymarfer ar eu piano nhw yn wythnosol am chwe mis.

Sut arall ddaeth yr heddlu i wybod am fy nghynllun i a Desmond? Y gwir ydi 'mod i wedi cymryd arian gan fy nisgyblion ar gyfer arholiadau'r Northern College of Music. Ond mewn gwirionedd, wnes i ddim cyflwyno 'run o'r disgyblion ar gyfer arholiadau swyddogol y bwrdd hwnnw.

Roedd Desmond yn teithio o Fanceinion pan oedd angen, gan esgus ei fod o'n un o dri arholwr: Dr Daniel McGrain, Albanwr yn ei chwedegau, Mr Joseph Corrigan, dyn yn ei bumdegau o Wigan, a'i ffefryn, Ms Lorna Trescothick, dynes o Fryste yn ei thridegau. Roedd pob un o'r disgyblion yn cael tystysgrif oedd o leia un lefel yn uwch nag yr oeddan nhw'n ei haeddu... a mater bach oedd hi i Desmond greu tystysgrifau ffug a'u hanfon nhw o'i gartref ym Manceinion.

Dyna ddeudis i wrth y ddau blismon oedd yn ista gyferbyn â fi yn stafell holi Gorsaf yr Heddlu.

'Felly, fe fyddwch chi'n pledio'n euog i 45 achos o gynllwynio i dwyllo'ch disgyblion o gyfanswm o £75,000,' meddai'r ditectif ar ôl imi gyfadda'r cwbwl.

Ond be wnes i o'i le mewn gwirionedd? Dim ond ateb y galw a rhoi hyder i bobl. Mi wnes i'r plant yn hapus drwy wneud iddyn nhw feddwl eu bod nhw'n llwyddiannus. Does dim angen tystysgrifau er mwyn llwyddo yn yr hen fyd 'ma bellach. Be 'di'r ots felly os ydyn nhw'n rhai ffug? Ro'n i'n codi gobeithion y plantos ar gyfer y dyfodol. Dyna ddymuniad pob rhiant... yntê? Pwy sy isio clywed y gwir y dyddia yma?

#Janus

I

Cefais gynnig amodol i astudio Mathemateg yng Nghaergrawnt ddoe.

Dwi ddim yn meddwl bod hynny'n 'lysh' a fydda i ddim yn postio am y peth gan ddefnyddio #FiFiFi chwaith. Er fy mod i'n ferch ysgol ddeunaw oed mae gen i fwy o ddiddordeb mewn Crisialeg Pelydr X na'r *X Factor*. Ac mae Adwaith i mi yn golygu proses sy'n cyfuno deunyddiau cemegol, yn hytrach na grŵp pop sy'n aildwymo cerddoriaeth o'r oes a fu.

Does neb o'r ysgol wedi llwyddo i gael lle yng Nghaergrawnt na Rhydychen ers blynyddoedd yn ôl Mr Thomas, y prifathro, sydd heb lysenw, gyda llaw.

'Ry'ch chi'n *role model* ar gyfer y disgyblion eraill, Janice,' meddai ar ôl clywed y newyddion, gan gynnig pob help imi gael y pedair A seren sy'n angenrheidiol ar gyfer symud i ardal y Ffeniau yn yr hydref.

Piti nad ydw i'n 'role model' ar ei gyfer e a

gweddill y staff. Mae'r ysgol wedi bod o dan fesurau arbennig ers adroddiad Estyn chwe mis yn ôl. Ond dyna ni, beth arall y'ch chi'n ei ddisgwyl gan ysgol sy'n cael ei harwain ers degawd gan ddyn dros ei hanner cant sydd â gradd ail ddosbarth mewn Daearyddiaeth o Brifysgol Bangor.

Roedd Angela a Llion yn hapus drosta i hefyd. Ond roedd e'n gyfle arall i Angela fy mhoenydio ynghylch mynd ar wefannau Instagram, Twitter, Snapchat, a hyd yn oed Facebook, pan oeddem yn ein cilfach arferol yng nghefn y llyfrgell.

'Mae rhaid iti totes mynd ar wefannau cymdeithasol nawr. Right this minute, babes...' dechreuodd fwydro cyn imi roi taw ar ei pharablu penchwiban.

'Beth yw ein cytundeb pan nad oes unrhyw un arall o gwmpas, Angela?'

'OMG. Soz, Janice. Wnes i totes anghofio.'

'Dwi'n deall dy benderfyniad i blygu i bwysau o du cyfoedion a siarad y bratiaith babïaidd 'na, Angela. Ond byddai'n well gen i petaet ti'n dangos bod gen ti gymhwyster TGAU A* mewn Cymraeg Iaith a Llên,' dywedais.

'Mae'n flin gen i,' meddai Angela, 'ond dwi dal ddim yn deall pam dy fod ti mor benderfynol o osgoi'r cyfryngau cymdeithasol, Janice.'

'Mae gen i fwy o ddiddordeb yn y dechnoleg ei hun, y feddalwedd a'r algorithmau ac yn y blaen. Ta beth, dwi ddim am i neb arall wybod fy musnes, a dwi ddim am wybod busnes neb arall chwaith, na chadw mewn cysylltiad beunyddiol â'r byd a'r betws. Does neb yn yr ysgol 'ma'n werth eu nabod.'

Gwgodd Angela.

'... heblaw amdanat ti, wrth gwrs,' ychwanegais yn ffug-siriol. Roedd hi'n dal i wgu arna i ac ro'n i'n amau bod hynny am nad oeddwn wedi crybwyll ei chariad, Llion. Roedd y ddau wedi bod yn canlyn ers dwy flynedd bellach.

'... a Llion, wrth gwrs. Ond dwi gyda chi trwy'r dydd bob dydd 'ta beth,' gorffennais, gan weld yn ôl ei gwên fy mod wedi dweud y peth iawn.

Roedd hi'n amhosib imi ddianc rhag Angela a Llion a chael ychydig o amser i mi fy hun ar unrhyw adeg o'r wythnos ysgol, o'r awr o wers Hanes ar fore Llun tan y ddwyawr o wers Mathemateg ar brynhawn Gwener. Mae Angela'n astudio dau o'r un pynciau Lefel A â mi, sef Mathemateg a Thechnoleg Gwybodaeth. Yn ffodus ro'n i'n llwyddo i ddianc o'i chrafangau am gyfnod am fy mod i hefyd yn astudio Hanes ac Astudiaethau Busnes. Ond, gwaetha'r modd, mae Llion yn gwneud y pynciau hynny hefyd.

Mae fy newis o bynciau'n gyfuniad anarferol, mi wn. Ond mi wnaeth gryn argraff ar *Dons* Caergrawnt, yn enwedig pan siaradais yn huawdl am labordy Cavendish a'r gwyddonwyr enwog megis Ernest Rutherford a Lawrence Bragg sydd wedi gweithio yno.

Mae'r cyfuniad hwn o bynciau yn addas iawn am fod fy enw, Janice, yn deillio o enw'r duw Rhufeinig Janus, oedd yn gallu edrych am yn ôl ac ymlaen ar yr un pryd. Mae'n bwysig gwybod am y gorffennol wrth astudio technolegau'r presennol a'r dyfodol.

Mae hanes yn dangos bod darganfyddiadau arloesol dynol-ryw wedi'u gwastraffu gan genhedlaeth ar ôl cenhedlaeth o ynfydion... fel Llion, sydd am astudio Gwleidyddiaeth yn Abertawe cyn dechrau ar yrfa yn gweithio i'r Blaid. Mae Angela, wrth gwrs, am fynd i'r un brifysgol i astudio Meddygaeth.

Dwi'n gorfod dioddef cwmni Llion yn y gwersi hanes, lle mae'n treulio'r rhan fwyaf o'i amser yn anfon negeseuon cyfrin di-ri at Angela ar ei iPhone, pan nad yw e wedi colli neu gamosod y teclyn. Mae Llion yn unigolyn esgeulus iawn, nodwedd bersonol dwi wedi'i chasáu erioed.

Diolch byth fod Abertawe'n ddigon pell o

Gaergrawnt, meddyliais. Ond nid felly roedd hi i fod.

'Ry'n ni'n edrych ymlaen at ddod i dy weld yng Nghaergrawnt ambell benwythnos,' meddai Angela wrth i'r ddwy ohonon ni adolygu'r modiwl Calcwlws yn y llyfrgell brynhawn ddoe.

'Mi fydd hi'n daith drên chwe awr bob ffordd o Abertawe,' meddwn i.

'O! Rwyt ti wedi cael golwg ar yr amserlen trenau'n barod. Da iawn,' meddai Angela. Ochneidiais yn dawel wrth iddi droi ei iPhone 8 newydd ymlaen.

'Sgwn i faint yw e mewn car?' gofynnodd, gan ddechrau chwilio am yr wybodaeth. Sylwais mai ei chyfrinair oedd 051199, sef dyddiad geni Llion. Roeddwn eisoes wedi sylwi mai cyfrinair Llion, wrth gwrs, yw dyddiad geni Angela.

'Gwych! Dim ond pedair awr a hanner.'

'Gwych,' atseiniais gan agor fy ffeil Mathemateg. Ond cyn imi gael cyfle i daclo cwestiwn ar hen bapur arholiad am integreiddio $\cos 3\Theta . \sin 4\Theta$, roedd hi wedi dechrau sôn am y dudalen Facebook fondigrybwyll 'ma eto.

'Mi fydd yn rhaid inni gadw mewn cysylltiad ar Facebook, Twitter, neu Whatsapp... hefyd mae 'na Facetime, Instagram, Snapchat... digon o ddewis.

Dwi wedi bod yn meddwl – mi ddylet ti greu tudalen Facebook cyn gynted â phosib er mwyn iti allu cysylltu â myfyrwyr eraill fydd yn dechrau ar y cwrs yr un pryd â ti,' awgrymodd.

'Mi feddylia i am hynny. Dere mla'n. Dim ond pythefnos sydd cyn yr arholiadau. Bydd 'disgyblion disglair' 2018 yn gweithio yn Tesco Hwlffordd neu'n sychu penolau hen bobl am y deugain mlynedd nesa os na ganolbwyntiwn ni ar yr arholiadau 'ma,' oedd fy ngair olaf ar y mater... am y tro.

II

Dwi wedi teimlo'n gyfrifol am Janice ers i'r ddwy ohonon ni eistedd ochr yn ochr â'n gilydd yn y dosbarth cofrestru ar ein diwrnod cyntaf yn yr ysgol uwchradd, yn fuan ar ôl i fy rhieni symud i Dyddewi o Gaerfyrddin.

Mae pawb yn dweud ei bod hi'n ferch od ac yn meddwl ei bod hi'n well na phawb arall, ond mae hi'n unig blentyn sydd wedi'i magu gan ei thad ar ôl i'w mam farw'n ifanc. Dwi'n credu 'mod i'n ei nabod hi'n eitha da oherwydd mae'r ddwy ohonon ni wedi byw ym mhocedi'n gilydd ers bron i saith mlynedd bellach.

Mae'n amlwg ei bod hi'n dioddef oherwydd diffyg cyfathrebu a rhyngweithio cymdeithasol. Dwi'n gwybod hynny am mai Mami yw ei meddyg teulu hi. Dyw Mami ddim wedi sôn yr un gair wrtha i am hyn, wrth gwrs. Digwydd ei chlywed hi'n siarad gyda Dadi amdani wnes i pan oeddwn i i fod yn y gwely un noson, ryw bedair neu bum mlynedd yn ôl erbyn hyn. Yn ôl Mami roedd hi wedi dweud wrth dad Janice ei bod hi'n poeni am ddiffyg cyfathrebu ei ferch. Ond roedd tad Janice wedi wfftio'i hawgrym y dylai Janice weld seiciatrydd gan ddweud wrthi nad oedd ganddo lawer o ffydd mewn meddygon. Dwi ddim wedi dweud gair am y sgwrs honno wrth Janice, na neb arall chwaith, ddim hyd yn oed Llion. Dwi'n parchu'r llw Hipocrataidd ac yn gobeithio tyngu'r llw fy hunan ymhen pedair blynedd ar ôl cwblhau fy ngradd mewn Meddygaeth ym Mhrifysgol Abertawe. Dwi wastad wedi bod yn awyddus i helpu pobl, a'r ffordd orau o wneud hynny yn fy marn i yw dilyn ôl troed Mam.

Efallai mai dyna pam dwi wedi cymryd Janice o dan fy adain. Ei phroblem fwyaf hi, druan, yw'r swildod hwnnw sy'n perthyn i rywun mwy deallus na'r gweddill.

Felly, penderfynais geisio helpu Janice i feithrin

sgiliau cymdeithasol. Dwi'n derbyn bod ambell un o'm cynlluniau i'w hannog i gymysgu â'i chyfoedion wedi methu. Roedd fy ymgais i'w chael hi'n feddw am y tro cyntaf ym mharti deunaw Rhian, chwaer Llion, yn nhafarn y Goat yn Nhyddewi ddwy flynedd yn ôl yn dipyn o gyflafan, a bod yn onest. Gwrthododd dderbyn yr un ddiod feddwol, gan ddweud ei bod hi'n anghyfreithlon i rywun un ar bymtheg oed yfed alcohol. Pan esboniais fod yfed dan oed yn rhan annatod o fod yn ifanc, siglodd Janice ei phen cyn diflannu am ddeng munud. Daeth yr heddlu i'r dafarn hanner awr yn ddiweddarach. Roedd y parti ar ben am naw o'r gloch, ac yn y pen draw, collodd y tafarnwr ei drwydded. O leia mi lwyddais i'w darbwyllo i gadw'r wybodaeth am yr alwad ffôn dan ei het.

Yna, rhyw flwyddyn yn ôl, trefnais ddêt iddi gyda Dewi Rossi, oedd wedi'i ffansïo hi ers achau. Wrth gwrs bu'n rhaid imi greu esgus i gael Janice i gytuno, ac mi ddwedais wrthi fod Dewi angen help i ddeall damcaniaeth Economeg y Farchnad Rydd.

Roedd Dewi wedi trefnu ei fod yn mynd i gartref Janice. Doedd ei thad hi ddim adref y noson honno a dwi dal ddim yn gwybod beth ddigwyddodd. Ond daeth Dewi i'r ysgol gyda llygad ddu y bore wedyn a does dim un o'r ddau wedi dweud gair am y digwyddiad ers hynny.

Ond tri chynnig i Gymraes. Ddoe, mi lwyddais – o'r diwedd – i berswadio Janice i greu ei thudalen ei hun ar Facebook.

Dechreuodd pethau'n dda oherwydd roeddwn wedi trefnu i rai o fy ffrindiau i a Llion yn y Chweched wneud ceisiadau i fod yn ffrindiau Facebook â Janice. Llwyddais hefyd i berswadio Janice i'w derbyn fel ffrindiau, cyn inni roi rhai o'n hoff luniau ar y dudalen.

Yn anffodus mae'r we yn llawn pobl ffiaidd. Pan edrychais ar ei thudalen bore 'ma roedd nifer o bobl wedi rhoi sylwadau cas arni.

Ro'n i'n gwybod bod y sylwadau hyn wedi ypsetio Janice pan welais i hi, er iddi geisio gwneud y gorau o'r sefyllfa.

'Y peth gorau yw eu hanwybyddu nhw, Janice. Y rheol aur yw gwneud dim. Os na wnei di ymateb mi fyddan nhw'n syrffedu'n ddigon buan,' dywedais wrthi.

'Dwi'n gweld nad oes neb yn gwneud sylwadau o'r fath ar dy dudalen di,' atebodd.

Achosodd hyn gryn bryder imi, ac ar ddiwedd y bore cefais syniad.

III

Pan welais i'r sylwadau ar y dudalen Facebook mae'n rhaid imi gyfaddef imi gael fy siomi'n fawr.

Roedd 'Fat kow Janiss u die... i hopes u dies of canser you snob...' a hyd yn oed 'wank tits' ymysg pymtheg sylw ffiaidd gan bobl anhysbys. Ro'n i'n edrych ar y dudalen pan ddaeth Angela i ymuno â mi yng nghefn y llyfrgell.

'Paid ag ypsetio dy hun, Janice, mae hyn yn beth digon cyffredin,' meddai pan welodd y dudalen, a'r olwg ar fy wyneb.

Ro'n i ar fin dweud wrthi fy mod wedi fy nghythruddo gan safon wael y gramadeg a'r sillafu. 'Fat kow u die'! Does dim rhyfedd bod yr ysgol dan fesurau arbennig. Ond cyn imi ddweud gair roedd Angela wedi dechrau traethu am ellyllon y we a sut i ddygymod â nhw. Gallwn weld ei bod hi'n gwneud ei gorau glas i geisio fy helpu, a doedd gen i 'mo'r galon i esbonio 'mod i'n gwybod yn iawn sut i ddelio â'r ynfydion hyn.

'Y peth pwysig yw eu hanwybyddu nhw, Janice. Y rheol aur yw gwneud dim. Os na wnei di ymateb mi fyddan nhw'n syrffedu'n ddigon buan,' meddai Angela.

Na. Y ffordd orau o ddelio â nhw yw dod o hyd i'w cyfeiriadau IP a chysylltu â'r heddlu, a gadael iddyn nhw wynebu holl rym y gyfraith.

Rydw i wedi gorfod cysylltu â'r heddlu ddwywaith o'r blaen. Y tro diwethaf oedd tua dwy flynedd yn ôl pan fu'n rhaid imi eu hysbysu fod pobl dan oed yn yfed yn nhafarn y Goat yn Nhyddewi.

Roedd y tro cyntaf tua phedair blynedd yn ôl pan basiais i fy arholiad piano Gradd IV. Roedd fy athrawes biano yn hynod o dwp. Pan roddodd hi fy nhystysgrif gyda Rhagoriaeth imi, mi sylwais ar unwaith fod y dystysgrif yn un ffug. Roedd y papur yn rhy denau ac roedd un gair wedi'i gamsillafu. Ddywedais i 'run gair wrthi ond yn dilyn galwad ffôn i'r Northern College of Music cefais gadarnhad bod yr arholiad a'r dystysgrif yn rhai ffug. Er bod y Coleg wedi addo ymchwilio i'r mater, penderfynais gysylltu â'r heddlu'n ddi-enw i roi gwybod am y twyll. Cyfaddefodd Ms Moon i'w throseddau ac roedd y stori mewn nifer o bapurau cenedlaethol. Cafodd orchymyn i wneud cant o oriau o waith cymdeithasol a bu'n rhaid iddi ad-dalu'r holl ffioedd.

Ond penderfynais beidio â chysylltu â'r heddlu y tro hwn a dilyn cyngor Angela, gan esgus nad oedd sylwadau gan bobl ddibwys wedi cael unrhyw effaith arna i.

'Dwi'n gweld nad oes neb yn gwneud sylwadau o'r fath ar dy dudalen di,' meddwn, gan edrych yn drist, am mai dyna roedd Angela'n ei ddisgwyl. Mi gaeodd hynny ei cheg, a gadewais y llyfrgell i fynychu gwers hanes ddiddorol iawn am Oes y Dadeni, y Borgia a Machiavelli.

Pan ddychwelais i'r llyfrgell awr yn ddiweddarach roedd Angela yn dal yno, ac roedd Llion yn ei hymyl yn ceisio'i chysuro. Wnes i ddim gofyn beth oedd yn bod. Yn fy mhrofiad i mae pobl yn fwy na pharod i sôn am eu problemau heb imi ofyn. Agorais fy ffeil Calcwlws cyn edrych i fyny a gweld Llion yn gwthio iPad Angela tuag ataf.

'Mae Angela wedi derbyn sylwadau cas hefyd,' meddai Llion yn bryderus.

'Does dim ots. Fel ddwedes i wrth Janice gynne, y peth gorau i'w wneud yw eu hanwybyddu nhw,' meddai Angela.

Roedd dau sylw ar y wefan yn galw Angela'n 'afr hyll' gyda '*massif ass*' oedd yn fwy na'i hymennydd. Hyd y gwelwn i, roedd y ddau osodiad yn ffeithiol gywir, mwy neu lai, felly do'n i ddim yn deall pam fod Llion yn gwneud môr a mynydd o'r holl beth.

'Mae'n anfaddeuol beth mae'r bobl 'ma'n ei ddweud,' meddai Llion.

'Wel... o leia dwi a Janice yn yr un cwch... a'u hanwybyddu nhw sydd orau, yntê Janice?' meddai Angela.

'Paid â phoeni amdana i, Angela. Dwi ddim yn snowfflêc. Dwi'n afalansh,' meddwn i, gan ddechrau adolygu.

IV

Gweithiodd fy nghynllun i'r dim. Llwyddiant ysgubol. Mater bach oedd creu cyfrif Facebook ffug a gadael sylwadau cas amdanaf fy hun ar y wefan. Ddywedais i ddim byd wrth Llion. Mae e'n anobeithiol am gadw cyfrinachau ac mi fyddai Janice wedi deall yn syth. Dwi'n siŵr y bydd y ffaith ei bod hi'n meddwl ein bod ni yn yr un cwch yn codi calon Janice. Ac mae hynny'n bendant wedi codi fy nghalon i.

Dwi wastad wedi bod yn un sy'n gallu cymysgu'n rhwydd â phobl a charfanau amrywiol, a deall safbwyntiau gwahanol. Dwi'n credu'n gryf y dylai pobl barchu safbwyntiau'i gilydd. Mae'n bosib mai dyna pam y cefais fy mhenodi gan uwch dîm rheoli'r ysgol i fentora rhai o'r disgyblion iau sydd â phroblemau ymddygiad. A dyna pam dwi'n defnyddio'r fratiaith honno sydd mor wrthun i Janice, er mwyn cyfathrebu â phobl ar eu lefel nhw.

Mae Janice yn fy ngalw i'n Doctor Pangloss am fy mod i, fel y cymeriad yn llyfr yr athronydd Voltaire, mor bositif trwy'r amser.

'Wel, Janice, efallai fy mod i, fel ti'n dweud, bob amser yn meddwl y gorau o bobl,' meddwn wrthi ar ôl imi gŵglo Dr Pangloss, 'ond mi ddywedodd Voltaire hefyd, "Efallai fy mod i'n anghytuno â'r hyn ry'ch chi'n ei ddweud, ond mi amddiffynaf eich hawl i'w ddweud hyd farwolaeth".'

Gwridodd Janice, a chau ei dyrnau'n dynn.

'Mae Oes y Goleuo yn dod i ben, Angela,' meddai'n chwyrn. 'Mae pobl yn anwybyddu rheswm a gwyddoniaeth erbyn hyn ac yn dibynnu fwyfwy ar emosiwn a hunanymwybyddiaeth. Mi fydd yn rhaid iti benderfynu ar ba ochr wyt ti. Rhesymeg neu emosiwn?'

'Rhywle yn y canol hoffwn i fod,' atebais.

'Bydda'n ofalus, Angela. Pan wyt ti'n sefyll yng nghanol brwydr rwyt ti mewn perygl o gael dy saethu gan y ddwy ochr.'

Mae hi'n hollol anghywir yn fy marn i. Serch hynny, dwi'n sicr fod Janice yn teimlo dipyn yn well am fy mod i wedi derbyn sylwadau tebyg ar y cyfryngau cymdeithasol. Mae'n rhoi'r agraff, o leia, ein bod yn sefyll ysgwydd wrth ysgwydd yn ei 'brwydr ddychmygol'.

Mae Janice a Llion yn cael gwers Hanes ar hyn o bryd, sydd wedi rhoi cyfle imi edrych ar dudalen Facebook Janice. Dim un sylw cas newydd ers ddoe. Fel dwi'n dweud, anwybyddu'r ellyllon yw'r unig ateb. Wrth i mi baratoi i lwytho llun o'r swper wnes i i Llion neithiwr, dwi'n gweld 'mod i wedi derbyn mwy o sylwadau... O! 'byrn in hell bitsh'... 'Llion is too-timing you with Carol Taylor'.

Beth?

V

Mae'r arholiadau'n dechrau'r wythnos nesaf a dwi'n edrych ymlaen yn eiddgar.

Mae Angela mewn cyflwr emosiynol truenus ers bron i wythnos, ac mae'n bosib na fydd hi'n sefyll ei harholiadau am ei bod hi mor sâl. Mi dderbyniodd hi ddegau o negeseuon ffiaidd yn ystod yr wythnos. Hefyd, mae hi wedi ffraeo gyda Llion am ei bod hi'n ei amau o gael cyfathrach rhywiol gyda Carol Taylor.

Dyw hi ddim wedi bod yn yr ysgol a bu'n rhaid

imi alw i'w gweld hi neithiwr pan ddylwn i fod yn astudio Dull Newton-Raphson. Ro'n i'n teimlo fod yn rhaid imi wneud rhywbeth i'w helpu.

Mae Angela'n byw gyda'i rhieni mewn tŷ moethus ar gyrion Tyddewi. Mae ei mam hi'n feddyg teulu a'i thad yn un o uwch-swyddogion Adran Addysg y sir.

Mae'r tŷ wedi'i leoli gerllaw llwybr yr arfordir, yn edrych dros Ynys Dewi a Phorthclais. Yn ôl chwedloniaeth, yno y glaniodd y Twrch Trwyth i ysbeilio'r wlad cyn dianc o grafangau Arthur a dychwelyd i'r môr. Ond nid y Twrch Trwyth oedd yn poeni rhieni Angela y noson honno, ond ellyllon y we.

'Dyw hi ddim wedi bwyta ers ddoe. Alli di helpu, Janice?' gofynnodd ei mam yn bryderus.

'Chi ydi'r meddyg teulu. Chi sydd â'r atebion fel arfer.' Dyna fues i bron â'i ddweud, ond dwi wedi dysgu brathu fy nhafod dros y blynyddoedd. Amneidiais â 'mhen a mynd i fyny'r grisiau at Angela.

Roedd hi'n eistedd i fyny yn ei gwely yn cnoi ei hewinedd – hen arfer anffodus sydd ganddi ers imi ei hadnabod ac sy'n arwydd o ddiffyg hunanddisgyblaeth, yn fy marn i. Mi fydd angen mwy o hunanddisgyblaeth na hynny arni i fod yn feddyg teulu. Roedd ei gliniadur wrth ei hymyl ar y gwely a'i thudalen Facebook yn llenwi'r sgrin – penderfynodd beidio â dileu ei chyfri Facebook gan lynu at ei rheol aur o beidio ag ymateb i sylwadau. Ond doedd hynny ddim wedi'i hatal rhag darllen y sylwadau cas.

'Dwi wedi dod draw i wneud ychydig o adolygu munud olaf 'da ti, Angela,' meddwn, gan dynnu ffeil allan o fy mag.

'Dwi wedi gwneud digon o adolygu, Janice,' meddai, gan dynnu'r cwrlid o'i hamgylch yn dynn.

Anwybyddais hi. 'Ddechreuwn ni 'da un rhwydd. Mae tri grym L, M ac N wedi'u creu gan L = 2i + 5j, M = 3i – 22j, N = 4i – 23j. Darganfyddwch faint a chyfeiriad cydeffaith y tri grym.'

'Gad imi fod. Dwi'n iawn. Wela i di fory,' oedd ei hunig ymateb, cyn cuddio dan gwrlid y gwely.

Ond dyw hi ddim yn iawn. Cefais air gyda'i mam a'i thad.

'Mae'n bosib mai un person sydd wedi anfon yr holl negeseuon dan enwau ffug,' meddwn wrthynt. Mi gytunon y ddau i'm syniad i o gael gafael ar gyfeiriadau IP y rhai a anfonodd y negeseuon, a chysylltu â'r heddlu.

Gadewais rieni Angela a cherdded yr hanner

milltir o'i chartref i Dyddewi. Mae ei chartref hi mor wahanol i'r un dwi'n ei rannu gyda fy nhad, sef bwthyn bach ar un o'r strydoedd serth sy'n arwain at y Gadeirlan. Ry'n ni wedi byw yno ers i Dad ddychwelyd adref o Gaerdydd ar ôl i fy mam farw pan o'n i'n bedair oed. Canser y fron yn dilyn camddiagnosis gan feddyg teulu. Erbyn iddi dderbyn y diagnosis cywir dri mis yn ddiweddarach roedd hi'n rhy hwyr.

Deliodd fy nhad â'r dasg o fy magu i ar ei ben ei hun gyda'r un dycnwch a chyfrifoldeb ag a roddai i brosiect oedd yn rhan o'i waith fel is-bennaeth Rhaglen Amcan 3 Swyddfa Cyllid Ewropeaidd Cymru. Rhoddodd y gorau i'r swydd honno, fodd bynnag, pan symudodd i fyw at ei fam yn Nhyddewi, ar ôl i honno awgrymu y gallai hi helpu i ysgwyddo'r baich o fagu plentyn. Cafodd swydd yn adran Hawliau Tramwy a Llwybrau Cyhoeddus y Cyngor Sir, un oedd â chyflog sylweddol is na'i swydd flaenorol. Mae'n dal i wneud yr un swydd bron i bymtheng mlynedd yn ddiweddarach heb obaith am ddyrchafiad, yn wahanol i dad Angela.

Roedd fy nhad yn weithiwr cydwybodol ond ceisiodd ar yr un pryd lenwi'r bwlch a adawyd gan fy mam. Byddai'n mynd â mi ar deithiau cerdded ar hyd llwybrau cyhoeddus y sir, gan ddweud y byddai'r ymarfer a'r awyr iach yn gwneud lles i'r ddau ohonom. Ychydig a wyddwn i bryd hynny ei fod, ar yr un pryd, yn bwrw golwg dros y llwybrau cerdded a'r llwybrau ceffyl fel rhan o'i waith.

Pan aeth fy mamgu yn sâl chwe blynedd yn ddiweddarach, aeth fy nhad ati unwaith eto i ofalu amdani gyda'r un dycnwch a chyfrifoldeb ag arfer. O hynny ymlaen gwnaeth fy nhad ei orau drosof, gan sicrhau fy mod i'n cael yr un cyfleoedd â phlant eraill o ran mynd i wersylloedd, cael gwersi piano ac ati. Ond doedd gen i fawr o ddiddordeb yn y pethau hynny. Y byd cyfrifiadurol oedd yn mynd â fy mryd, i ac roeddwn wrth fy modd yn ymgolli mewn systemau gweithredol fel yr Onion Router ac ati.

Fydd 'na fawr o newid ym mywyd fy nhad pan fydda i'n symud i Gaergrawnt yn yr hydref. Mi fydd e'n parhau i fyw ei fywyd tawel, di-nod nes iddo yntau orfod wynebu ei salwch angheuol ei hun yn y pen draw. Does gan bobl fel fy nhad 'mo'r nerth na'r dychymyg i ddianc rhag eu tynged. Roedd yn rhy 'neis' i wneud ffŷs am farwolaeth fy mam ac mae'n rhy 'neis' i gwyno am beidio â chael dyrchafiad. Ei unig sylw yn dilyn y bleidlais Brexit ddwy flynedd yn ôl oedd 'Diolch byth imi roi'r gorau i'r swydd 'na 'da WEFO, Janice.'

Mae byw gyda fy nhad wedi fy ysgogi i weithredu. Dwi ddim am dderbyn fy nhynged yn ddigwyno fel y gwnaeth e.

Chwalwyd ei fywyd yn llwyr oherwydd camddiagnosis gan feddyg ifanc dibrofiad ac esgeulus. Rydym yn gosod y bobl hyn ar bedestal, ond bodau dynol ydyn nhw sydd yr un mor atebol am eu camweddau ag unrhyw un arall, a dylent felly gael eu cosbi yn yr un modd.

Mewn gwirionedd, byddai'n fendith petai Angela'n gwneud cawlach o'i harholiadau. Dwi ddim yn credu y gwnaiff hi feddyg da. Dyw hi ddim yn ddigon gwrthrychol a dadansoddol ac mae'n rhy emosiynol i ganolbwyntio ar y gwaith. Dyw'r byd ddim angen meddyg gwan arall fydd yn dinistrio bywydau.

VI

Roedd yr arholiad Mathemateg cyntaf heddiw. Ddwedais i wrth Mam a Dad ei fod wedi mynd yn iawn ac ro'n i'n gallu gweld y rhyddhad ar eu hwynebau.

Ond doedd pethau ddim wedi mynd yn iawn.

Do'n i ddim yn gallu canolbwyntio o gwbl. Roedd yr holl rifau a'r symbolau'n gymysg i gyd. Ro'n i'n esgus ateb y cwestiynau ond yr unig gwestiynau ro'n i am eu hateb go iawn oedd... pam ydw i mor anobeithiol o dwp? ... anobeithiol o hyll?... ac anobeithiol o anhapus?

Mae Janice yn iawn. Mae Oes y Goleuo ar ben. Dyw pobl ddim yn meddwl rhagor, maen nhw'n teimlo. Yn teimlo gyda chas perffaith. Torrais y rheol aur a cheisio rhesymu â'r bobl a anfonodd y negeseuon cas ataf. A'r canlyniad? Derbyn mwy o negeseuon ffiaidd.

Fy nghamgymeriad oedd agor y drws i'r holl gasineb sydd yn y byd. Mi ddaeth drosta i fel afalansh a'm mygu.

Am saith o'r gloch heno, atebodd Mam y ffôn. Roedd mam Llion yn ei dagrau – mae Llion wedi cael ei arestio am anfon y rhan fwya o'r negeseuon cas ata i... heblaw am y rhai a anfonais ataf fy hun, wrth gwrs. Ceisiais esbonio fy mod i wedi anfon y negeseuon cas cyntaf er mwyn cefnogi Janice yn hytrach nag am fy mod i'n casáu fy hun... ond dwi ddim yn siŵr nawr. Dwedodd mam Llion ei fod yn gwadu popeth, ond mae'n amlwg erbyn hyn ei fod yn fy nghasáu i a bod yr honiadau amdano e a Carol Taylor yn wir.

Mae fy mhen i'n troi. Mae angen rhywbeth arna i
i wella'r boen.

VII

Mae pawb ar ben eu digon. Pedair A seren. Roedd
Mr Thomas yn cerdded o gwmpas fel Alexander
Fleming ar ôl i hwnnw ddarganfod penisilin.

'Diwrnod mawr i'r ysgol... a diwrnod mawr i ti,
Janice. Cyfle inni godi o'r llwch, yn enwedig ar ôl
digwyddiadau'r wythnosau diwethaf. Sai'n gwybod
sut wnest ti lwyddo i ganolbwyntio yn ystod dy
arholiadau,' meddai Mr Thomas.

Rhaid imi gyfaddef fod mynychu angladd Angela
cyn yr arholiad Mathemateg olaf yn brofiad anodd
iawn, ond bu'n rhaid imi fod yn gryf gan osgoi
meddwl am ei marwolaeth a chanolbwyntio ar fy
nyfodol.

Yn ôl ei mam, mi gymerodd Angela dros hanner
cant o dabledi cysgu y noson y cafodd Llion ei
arestio. Mae'n bosib y bydd Llion yn gorfod mynd
i'r carchar am anfon y negeseuon ffiaidd ati. Yn ôl
mam Angela roedd adroddiad y seiciatrydd yn
dweud bod ganddo dueddiadau sosiopathig. Mi

allwn i fod wedi dweud hynny wrthi. Roedd e am fod yn wleidydd.

Roedd Llion yn gwadu'r cyhuddiadau ac yn mynnu bod rhywun arall wedi defnyddio'i iPhone. Honnai ei fod yn colli neu'n camosod ei ffôn byth a beunydd, a byddai rhywun a oedd yn gwybod ei rif cyfrin wedi gallu defnyddio'r teclyn. Roedd e hyd yn oed yn honni mai Angela oedd wedi anfon y negeseuon o'i ffôn e am ei bod hi'n gwybod ei rif cyfrin. Pwy arall fyddai'n gwybod ei rif cyfrin? A phwy fyddai hefyd yn gwybod sut i ddefnyddio'r Onion Router i anfon y negeseuon er mwyn bod yn ddienw.

Pwy yn wir?

O leia fydd dim rhaid imi ddygymod â nhw'n ymweld â mi yng Nghaergrawnt nawr. Dwi'n rhydd bellach. Mae'r dyfodol yn galw, ac mae un ohonon ni, o leiaf, wedi bod yn gwrando.

Bydd Caergrawnt yn... #lysh.

Y Gadair

Ro'n i'n benderfynol o wrando ar seremoni gadeirio'r Eisteddfod Genedlaethol am bump o'r gloch y nos Wener honno.

Does gen i ddim diddordeb mewn barddoniaeth, na'r Eisteddfod chwaith, ond mae Terry Poley, adeiladwr lleol a landlord y Farmers, wastad yn cynnwys ambell rownd am yr Eisteddfod a diwylliant Cymraeg yng nghwis wythnosol y dafarn. Ac fe fyddai'n siŵr o gynnwys cwestiynau am enillwyr y Brifwyl eleni y nos Lun ganlynol. Mae cwestiynau o'r fath yn rhoi cyfle i'r bobl leol gystadlu yn erbyn yr ymwelwyr cefnog o dde Cymru, Lloegr a thu hwnt sy'n dod i Dyddewi.

Fel arfer mae timau'r ymwelwyr, sy'n cynnwys cyfrifwyr, cyfreithwyr a phobl y cyfryngau sy'n berchen ar neu'n llogi tai haf yn yr ardal, ar y blaen ar ôl y chwe rownd gyntaf. Ond mae'r ail hanner yn cynnwys rowndiau ar ddiwylliant Cymraeg ac, yn bennaf, diwylliant lleol.

Mae cwestiynau fel 'Pwy enillodd y gadair yn

Eisteddfod Genedlaethol Casnewydd 2004 yn amlwg yn llorio'r Saeson. Ac mae cwestiynau fel 'Beth yw enw'r traeth rhwng Porthclais ac Ynys Dewi?' yn achosi embaras i'r ymwelwyr o Gymry yn ddi-ffael. Mi ddylech chi weld wynebau'r bobl ariannog hyn yn cwympo wrth fethu ag ateb y cwestiynau am nad ydyn nhw wedi trafferthu dysgu am ddiwylliant yr ardal maen nhw'n ymweld â hi.

Mae tacteg Terry nid yn unig yn helpu un o'r timau lleol i ennill y wobr o ddeugain punt bob wythnos dros fisoedd yr haf, ond hefyd, yn ôl Terry, yn ein gwneud ni bobl leol yn fwy ymwybodol o'n hunaniaeth fel trigolion Sir Benfro. Un da yw Terry.

Mae'r wobr ariannol yn rhywfaint o gysur am orfod dioddef yr ymwelwyr rhwng y Pasg a'r hydref bob blwyddyn. Ond mae'r sefyllfa ymwelwyr yn un ddeuol yn y bôn. Mae'r argyfwng tai haf yn golygu bod nifer fawr o bobl ifanc, fel fi, yn gadael yr ardal am fod prisiau tai mor uchel. Ond ar y llaw arall, mae ymwelwyr wedi helpu nifer fawr o fusnesau bach yr ardal i oroesi. Mae llawer o'r rhain wedi aros yn yr un teulu o genhedlaeth i genhedlaeth, gan gynnwys Delicatessen a chaffi bach ar waelod prif stryd y ddinas, sef Caffi Rossi.

Mae fy nhad, Tony, wedi eistedd y tu ôl i gownter

Caffi Rossi am dros bum mlynedd ar hugain, ers i'w dad e farw. Bu hwnnw'n gwarchod y busnes am dros ddeng mlynedd ar hugain ar ôl i'w dad yntau farw, ddeugain mlynedd ar ôl agor y siop toc ar ôl diwedd y Rhyfel Byd Cyntaf. Tair cenhedlaeth o'r un teulu yn codi cyn cŵn Caer i wasanaethu'r gymuned. A phob un ohonyn nhw'n eistedd ar yr un stôl ag yr eisteddodd Giovanni Rossi arni pan agorodd y siop am y tro cyntaf gan mlynedd yn ôl.

Mae un gornel o'r siop wedi'i neilltuo ar gyfer gwerthu hufen iâ *Gelato* mefus, mafon, lemwn, pinafal a *Stracciatella*. Mae'r gornel hufen iâ wedi bod yno ers i Giovanni agor y siop yn 1922. Erbyn hyn mae'n rhyw fath o gysegr i'r gŵr a deithiodd o ddyffryn Ceno ger dinas Parma pan oedd yn bymtheg oed i weithio yn siopau'r Bracchi yng nghymoedd y de, cyn symud i'r gorllewin i weithio ar ei liwt ei hun. Yn crogi ar y wal y tu ôl i'r cownter mae lluniau ohono'n gwerthu hufen iâ ar ei feic ar hyd strydoedd y ddinas cyn iddo gynilo digon o arian i agor y siop.

Erbyn hyn mae Mam a Dad yn prynu'r hufen iâ gan gwmni o Abertawe yn hytrach na gwneud y cynnyrch eu hunain. Mae'r lluniau du a gwyn wedi melynu i liw hufen iâ pinafal dros y blynyddoeedd, gan gynnwys y llun o Giovanni'n eistedd yn gefnsyth ar y stôl dderw dair troedfedd o uchder, yr un a ddefnyddiai pan fyddai'r siop yn dawel ond nid, wrth gwrs, ar unrhyw adeg arall.

Datblygodd fy nhad-cu, Fransesco Rossi, y caffi yn y pumdegau hwyr, gan gynnig y 'coffi ffrothi' oedd mor boblogaidd gyda phobl ifanc yr oes honno. Agorodd ei fab, Antonio, y Deli yn y nawdegau i ddiwallu chwant yr ymwelwyr cyfoethog am fwydydd Eidalaidd. Erbyn hyn ry'n ni'n gwerthu cawsiau di-ri fel Pecorino, Taleggio, Gorgonzola, Stracchino a Mozzarella; cigoedd fel Salami Milano a Napoli, Ham Parma, Selsig Eidalaidd; olewydd, arancini, pesto, pasta, sbageti a mwy, llawer mwy.

Pan ofynnais i Dad un tro pam na fyddai'n newid y stôl am un fwy cyffordus, unwaith imi ddod yn ddigon hen i sylweddoli ei fod yn treulio'r rhan fwyaf o'i fywyd arni, atebodd,

'Roedd dy hen dad-cu'n meddwl na ddylen ni gael ein gweld yn eistedd, yn enwedig ar gadair gyfforddus, rhag ofn i bobl feddwl fod bywyd siopwr yn haws na'u bywydau nhw. Ond mae'r stôl yn golygu dy fod ti'n gallu cymryd y pwysau oddi ar dy draed am dipyn. Dwi'n gobeithio y bydd y stôl yn cael aros pan fyddi di'n cymryd yr awenau. Mae'n rhan o dy etifeddiaeth,' ychwanegodd, gan edrych yn graff arna i.

Ond do'n i ddim am gael fy nghlymu y tu ôl i gownter am weddill fy oes. Ro'n i am weld dipyn o'r byd, fel y gwnaeth fy hen dad-cu, Giovanni. Roedd yr awydd hwnnw wedi bod yndda i ers imi astudio glob oedd ymhlith y trugareddau yn y parlwr pan o'n i'n bum mlwydd oed. Efallai mai dyna pam ro'n i wedi cymryd at ieithoedd yn yr ysgol. Ro'n i am gael mwy na'r ychydig eiriau o Eidalaidd oedd gan fy nhad.

Ond ro'n i'n unig blentyn ac roedd Mam a Dad wedi cymryd yn ganiataol y byddwn i'n rhedeg y siop a'r caffi ryw ddydd. Serch hynny, ro'n nhw'n gefnogol iawn pan benderfynais aros yn yr ysgol i astudio Lefel A Ffrangeg ac Almaeneg. Ond ro'n nhw'n benderfynol y dylwn i roi'r gorau i astudio Cymraeg fel fy nhrydydd pwnc.

'Bydd Ffrangeg ac Almaeneg yn help mawr iti oherwydd mae cymaint o ymwelwyr o'r cyfandir yn dod i Dyddewi. Ond mi fyddai'n fwy defnyddiol iti wneud Astudiaethau Busnes na Chymraeg, Dewi, yn enwedig ar gyfer rhedeg y siop.'

Dyna oedd barn Mam, a chytunodd Dad drwy amneidio â'i ben y tu ôl iddi.

Ond dwi ddim am fod yn 'fachgen bach plwyfol

di-uchelgais,' fel y cefais fy nisgrifio gan ferch flwyddyn yn iau na fi ro'n i'n ei ffansïo yn y Chweched Dosbarth bedair blynedd yn ôl. Efallai nad 'ffansïo' yw'r gair cywir chwaith, ond 'edmygu'. Roedd hi'n wahanol iawn i weddill fy nghyfoedion yn y Chweched Dosbarth, yn benderfynol o ddianc o Sir Benfro a gwneud ei marc yn y byd. Ro'n i am ei hadnabod yn well yn y gobaith y byddai ei natur benderfynol yn rhoi'r un hyder i mi.

Cytunodd i roi help imi adolygu Economeg y Bedwaredd Ganrif ar Bymtheg un noson yn ei chartref. Roedden ni'n cyd-dynnu'n dda nes iddi hi ddweud mai Karl Marx a honnodd na fyddai ansawdd bywyd y dosbarth gweithiol byth yn gwella, waeth faint fydden nhw'n ei gynhyrchu. Fy nghamgymeriad i oedd ei chywiro a dweud mai David Ricardo a ddywedodd hynny gyntaf. Profais mai fi oedd yn gywir ar ôl edrych am y dyfyniad ar ei chyfrifiadur.

Pan welais y dicter yn ei llygaid, gwyddwn fod pethau ar fin troi'n gas, ond doedd gen i ddim syniad pa mor gas. Camodd tuag ata i a rhoi slap galed imi ar draws fy wyneb.

'Paid byth â dweud wrth neb fy mod i wedi gwneud camgymeriad neu mi wna i dy fywyd di'n uffern,' gwaeddodd arna i'n chwyrn. 'Cer mas. Pwy wyt ti'n feddwl wyt ti? Dim ond rhedeg siop ceiniog a dime fyddi di'n ei wneud ar ddiwedd y dydd,' poerodd, wrth imi gasglu fy llyfrau'n frysiog a gadael y tŷ cyn gynted ag y gallwn.

Ddwedes i 'run gair wrth neb. Bu'n rhaid imi esgus fy mod wedi cael y llygad ddu wrth gwympo oddi ar fy meic, ac mi wnes i'n siŵr fy mod i'n osgoi Janice o hynny ymlaen.

Llwyddodd i fynd i Goleg Caergrawnt, ond clywais iddi farw drwy hunanladdiad ar ddiwedd y tymor cyntaf, a hynny chwe mis ar ôl i'w ffrind gorau, Angela, wneud yr un peth. Er ei bod hi'n ymddangos yn galon-galed ac oeraidd, dwi'n credu bod Janice yn ferch sensitif yn y bôn a'i bod hi wedi methu ag ymdopi â cholli ei ffrind gorau, ar ôl i honno fethu ag ymdopi â straen ei harholiadau.

Ta beth, roedd sylwadau gonest Janice wedi fy ngwneud i'n fwy penderfynol nag erioed o adael fy nghynefin a mynd mor bell i ffwrdd â phosib.

Roedd fy rhieni, wrth gwrs, am imi fynd i brifysgol yng Nghymru.

'Mae'r rheiny'n ddigon agos iti allu dod adre i helpu yn y siop nawr ac yn y man,' awgrymodd Mam. Er imi fynychu diwrnodau agored ym

Mhrifysgolion Aberystwyth ac Abertawe, llwyddais yn y pen draw i ddarbwyllo fy rhieni mai Newcastle oedd yn cynnig y cyrsiau gorau ar fy nghyfer.

Ond mae fy mam yn fenyw benderfynol iawn. Pan gefais fy ngeni roedd Dad yn mynnu fy mod i'n cael f'enwi ar ôl sant.

'Mae'n draddodiad teuluol. Cafodd fy nhad-cu ei enwi ar ôl Sant Giovanni, cafodd fy nhad ei enwi ar ôl Sant Ffransis a chefais fy f'enwi ar ôl Sant Antonio,' eglurodd.

'Digon teg,' atebodd Mam. 'Mi alwn ni e'n Dewi 'te.'

A dyna a fu.

Roedd Mam a Dad yn amlwg yn poeni y byddwn i'n ceisio dianc rhag bywyd y siop, er 'mod i'n dal i'w helpu yno bob gwyliau coleg. Cefais fy syfrdanu felly pan ddychwelais adref am yr haf yn dilyn fy ail flwyddyn yn y coleg yn 2019. Daeth Dad draw ata i wrth imi ddod â'r pecynnau o bapurau dyddiol i mewn i'r siop, y bore ar ôl imi ddychwelyd adre.

'Dwi wedi bod yn siarad efo Terry Poley. Mae e'n chwilio am help ychwanegol gyda'i fusnes adeiladu dros yr haf. Ro'n i'n meddwl y byddai'n newid bach iti yn lle gweithio yn y siop,' meddai, gan bwyso'i ben ôl yn erbyn y stôl wrth imi osod y papurau wrth ei draed.

Y gwir oedd bod Mam ac yntau wedi penderfynu ceisio rhoi ysgytwad imi. Gobeithiai'r ddau y byddai gwaith corfforol caled yn ystod yr haf yn gwneud imi sylweddoli bod gweithio mewn siop yn llawer haws na'r rhan fwyaf o swyddi.

'Ond pwy fydd yn eich helpu yn y siop?' gofynnais, gan godi fy mhen a gweld bod Mam, erbyn hyn, wedi dod o gefn y siop i ymuno â ni.

'Ry'n ni wedi penderfynu cyflogi merch Nick a Helen Williams. Meinir,' atebodd Mam, gan osod un o fochau ei phen ôl hithau ar ochr arall y stôl.

Gwyddwn, wrth gwrs, mai'r nod oedd gwneud imi deimlo'n genfigennus fod rhywun arall yn cymryd fy lle yng Nghaffi Rossi. Ond bu'r cynllun yn fethiant llwyr oherwydd ro'n i wrth fy modd yn gweithio gyda Terry Poley a'i weithiwr llawn amser, Florian Kóbor.

Roedd Florian bum mlynedd yn hŷn na fi ac wedi bod yn gweithio i Terry ers blwyddyn. Roedd y ddau'n cyd-dynnu'n dda – efallai am fod Terry wedi bachu ar y cyfle i helpu Florian i ddysgu Cymraeg yn ystod y cyfnod y bu'r ddau'n gweithio gyda'i gilydd.

Hanai Florian o Bwdapest ond roedd e'n byw mewn fflat bychan yn Solfach, tua thair milltir o Dyddewi, ac yn teithio i'w waith bob dydd yn ei fan wen. Cefais gyfle i ddysgu mwy am fy nghyd-weithiwr ar fy niwrnod cyntaf yn y gwaith, ar ddiwedd mis Mehefin, pan fu'n rhaid i Terry fynd i Jewsons yn Hwlffordd i archebu mwy o ddeunyddiau adeiladu.

Roedden ni newydd ddechrau adeiladu estyniad i dŷ haf yn Nhrefin oedd yn eiddo i gyfreithiwr o Gasnewydd, ac roedd fy mreichiau'n gwingo ar ôl pedair awr o gymysgu sment a'i whilberan at Terry a Florian, oedd wrthi'n codi'r muriau cerrig.

''Sen i'n fodlon gweitho i Terry am ddim. Ond paid â gweud wrtho,' meddai Florian wrth i'r ddau ohonon ni fwyta'n brechdanau amser cinio.

'Pam?' gofynnais.

'Am ei fod e wedi rhoi cyfle imi fyw a gweithio yng ngorllewin Cymru,' atebodd Florian. Aeth ati i ddisgrifio'r daith fws fil o filltiroedd o hyd o Bwdapest i Lundain, a gymerodd 30 awr.

'Mi drafaeliais i ar ddechre mis Ebrill y llynedd 'da dim ond pabell ac un crys, un crys T, un pâr o bans ac un pâr o socs sbâr yn fy *hátizák... rucksack...* sgrepan. Pan gyrhaeddes i Lunden y peth cynta wnes i o'dd 'i bodio hi i Drefaldwyn a chysgu yn fy mhabell mewn perci dros nos,' meddai.

Perci! Roedd hi'n amlwg bod Florian wedi

cymryd at y dafodiaith leol yn llawer gwell na'r rhelyw o'r trigolion newydd.

'Ond pam wnest ti ddewis y dre arbennig honno?'

'Oherwydd beirdd Cymru, wrth gwrs.'

'Beirdd Cymru?'

Tynnodd Florian lyfryn tenau allan o boced gefn ei drowsus.

'*A walesi bárdok* gan János Arany,' meddai, gan ddangos clawr y llyfr a dechrau sôn am y gerdd oedd wedi'i seilio ar y chwedl fod Brenin Edward y Cyntaf o Loegr wedi llofruddio 500 o feirdd Cymru yn Nhrefaldwyn wedi iddo oresgyn y wlad yn 1277. 'Mae pob plentyn ysgol yn Hwngari yn dysgu'r gerdd ar eu cof am fod be digwyddodd yng Nghymru'n debyg i be ddigwyddodd yn Hwngari o dan Ymerodraeth yr Hapsbwrg,' meddai Florian. 'Yn anffodus smo'n llywodraeth ni'n un waraidd iawn erbyn hyn. Felly pan etifeddes i ychydig o arian ar ôl i Mam-gu farw mi benderfynais adael Hwngari. Ac ro'n i'n gwbod yn net fod unrhyw genedl sy'n parchu'i beirdd yn un deidi.'

'Ond pam dod i Sir Benfro wedyn?' gofynnais.

'Ches i fawr o groeso yn Nhrefaldwyn a gweud y gwir. Neb yn siarad Cymraeg, t'wel. Codes fy mhac a phenderfynu dod i Dyddewi am ei fod yn gartre i'ch nawddsant. Cartre ysbrydol Cymru on'dife,' meddai Florian. 'Ro'n i'n gwbod o'r eiliad gyrhaeddes i 'ma mai fan hyn o'n i i fod.'

Esboniodd Florian ei fod wedi dechrau sgwrsio gyda Terry yn y Farmers y noson gyntaf ar ôl iddo gyrraedd, gan ofyn a oedd rhywun yn chwilio am weithwyr tymhorol yn yr ardal. 'Wedodd Terry ei fod yn chwilo am weithiwr ei hun am ei fod newydd gael gwared â boi lleol oedd byth yn troi lan. Wedodd e hefyd fod yr enw "Poley" yn perthyn i'r Huguenot a ffôdd o Ffrainc dri chan mlynedd yn ôl. "Man a man rhoi cyfle i rapsgaliwn o fewnfudwr arall," meddai Terry, a dwi 'di gweithio iddo byth ers 'ny ac wedi dysgu Cymraeg drwy wrando arno'n malu cachu trwy'r dydd... pentigili,' chwarddodd Florian.

'Ond a fydd hawl 'da ti i aros 'ma? Beth am Brexit?' gofynnais.

'Dim problem. Am fy mod i wedi byw yma am lai na phum mlynedd bydd yn rhaid imi wneud cais preswylydd cyn-sefydlog cyn diwedd Mehefin 2021. Bydd Terry'n fy helpu gyda'r cais. Mwg tsips fydd y cyfan gyda fe'n gefn imi. Ond rwy'n cytuno'n llwyr 'da'r drefn o orfod gwneud cais. Dy'n ni ddim moyn pob ffocyn a ffrwcsyn i ddod 'ma o Ewrop. Dim ond pobl fel fi. *Impresszárió*... pobl dalentog. A dyna'r ail reswm dros weitho i Terry,' meddai, gan dynnu ei grys T i ddangos ei gorff cyhyrog. 'Sai byth yn mynd i'r *gimnázium*... campfa, a sai'n cymryd *szteroid*. Gwaith adeiladu caled sy 'di creu'r corff 'ma,' meddai'n llawn balchder, gan bwyntio at ran uchaf ei gorff. Rhoddodd ei grys T yn ôl amdano, a thynnu carden o boced gefn arall ei drowsus a'i rhoi i mi.

Ar y garden roedd llun o ddyn yn gwisgo mwgwd, mantell, pans main, a fawr dim arall. O dan y llun roedd y geiriau 'The Galaxy Offender and Captain Bob Finch, Corsair of the Caribbean, Adult Entertainer' gyda manylion cyswllt Florian ar waelod y garden.

'Diddanwr oedolion?' gofynnais. 'Stripar, ife?'

'Sai'n defnyddio'r gair *sztriptíz* fy hun. Ond yn y bôn, ie. Dwi'n tynnu fy nillad i roi pleser i fenywod. Mae'r gwaith adeiladu'n cadw 'nghorff i yn y cyflwr gore posib ar gyfer fy nghleientiaid, t'wel. Sai'n cael iwso gwisgoedd Superman na Capten Jack Sparrow... probleme hawlfraint... felly ma'n rhaid imi greu fy nghymeriade fy hun.'

'...sef Y Galaxy Offender a Capten Bob Finch...'

'... Môr-leidr y Caribî... yn hollol.'

Esboniodd Florian ei fod yn gweithio i asiantaeth

yn Abertawe a bod ei ail swydd wedi'i alluogi i wneud digon o arian i brynu fan, a hynny o fewn blwyddyn o ddod i Gymru i fyw.

'Ma'n anhygoel. Fi'n cal fy nhalu £200 y tro a dwi wedi cael cyfle i deithio'r wlad. Dwi wedi bod i bobman pentigili: Pontardawe... Caerfyrddin... Aberhonddu... hyd yn oed mor bell â Chaerffili, a sai hyd yn oed 'di dechre sôn am brif fantes y gwaith,' meddai, gan wincio arna i.

'Am beth wyt ti'n sôn?'

'Dere 'da fi,' meddai. Cododd a chamu at ei fan gan agor y drysau cefn. O'm blaen roedd cynfasau a chlustogau du wedi'u gosod ar ben matres. Ar un ochr i'r gwely roedd cabinet diodydd ac roedd waliau'r fan wedi'u haddurno â defnydd sidan coch.

Camodd Florian i mewn i'r fan a gorwedd ar y gwely, cyn estyn ei fraich allan a gwasgu botwm. Cododd y gwely nes bod Florian yn hanner eistedd.

'Ges i'r cwm pluf 'ma 'da ffrind sy'n gweitho yn yr ysbyty yn Hwlffordd... ac mae gen i swits i bylu'r gole. *Romantikus* iawn,' broliodd.

Esboniodd fod rhai o'r menywod oedd yn mynychu'r partïon a'r digwyddiadau gwyllt eraill roedd yn perfformio ynddynt yn hoffi cael 'perfformiad preifat' ar ddiwedd y nos.

'Pwy sy am bwmpo'n erbyn wal y Clwb Rygbi ar noson wêr o Ionawr i gyfeiliant Tom Jones yn canu "Delilah"?' gofynnodd Florian. 'Mae'r fan yn breifat... a dwi 'di gofalu'i bod hi'n *zajmentes*... dim sŵn, sy'n golygu alla i a'm cleientiaid preifat fwynhau ein hunain.'

'Mae'n bwysig diwallu anghenion y cwsmeriaid,' meddwn, gan ddyfynu un o ddywediadau fy nhad.

Roedd hi'n haf anghyffredin o boeth a sych a olygai bod modd inni weithio oriau hir gan ennill mwy o gyflog. Roedd Terry'n ceisio jyglo tair job ar yr un pryd ac yn treulio amser maith ar ei ffôn symudol yn seboni cleientiaid, gan addo y byddai'r gwaith wedi'i gwblhau mewn pryd.

Yr unig anghydfod a fu rhwng y tri ohonon ni yn ystod yr wythnosau hyn oedd pa orsaf radio y dylen ni wrando arni i'n difyrru yn ystod y diwrnodau gwaith hir. Terry oedd yn cael penderfynu yn y boreau a byddem yn gwrando ar Radio Pembrokeshire tan hanner dydd. Byddai Florian yn rheoli'r tonfeddi yn ystod oriau cynnar y prynhawn ac ein gorfodi i wrando ar Radio 1 neu Radio 1 Extra. Yna byddai'n ddadl barhaol rhwng Terry a Florian ynghylch p'un ai Radio Pembrokeshire neu Radio 1 fyddai'r arlwy am weddill y dydd.

'Mae'n bwysig 'mod i'n gwrando ar Radio 1 er mwyn gallu dewis y gerddorieth gefndir ore ar gyfer yr act,' cwynai Florian yn ddyddiol bron.

'Cau dy geg. Fi sy'n gwneud y penderfyniadau tra dwi'n dy dalu di,' oedd ymateb Terry.

A dyna'r drefn ddyddiol dros wythnosau tymhestlog mis Gorffennaf.

Ond newidiodd popeth yn ystod wythnos gyntaf mis Awst. Dechreuodd y tywydd poeth dorri ar y bore Llun, a throdd yr awyr las yn gymysgedd o gymylau du a phorffor.

Ro'n i ar do'r estyniad yn gosod y ffelt a'r estyll, a safais i gael saib ac edrych ar yr arfordir o'm blaen. I'r chwith safai Ynys-fach ger Porthgain. O'm blaen roedd Pwll Offa, Pwll Long, ac i'r dde Pen Castell-coch ac Ynys Deullyn. Roedd yr enwau wedi'u serio ar fy nghof yn dilyn blynyddoedd o gerdded llwybrau'r arfordir gyda fy rhieni yn ystod y gaeaf pan fyddai'r siop ar gau ar ddydd Sul.

Pam ddylwn i feio pobl am eu dyhead i dreulio amser mewn man mor brydferth? Oedd, roedd y sefyllfa tai haf yn andwyol i'r gymuned. Ond beth oedd hynny i mi? Doeddwn i ddim yn siŵr a oeddwn i am fod yn rhan o'r gymuned a bod yn 'fachgen bach plwyfol di-uchelgais'. Er nad o'n i wedi syrffedu'n llwyr ar Sir Benfro ro'n i'n teimlo ei bod hi'n bryd imi ddod i adnabod llefydd eraill.

Cafodd y newid yn y tywydd effaith ar dymer Terry hefyd, wedi iddo dderbyn galwad ffôn gan berchennog y tŷ.

'Mi fydd yn rhaid inni ganolbwyntio'n llwyr ar y jobyn 'ma a'i bennu erbyn y penwythnos,' meddai, wrth inni deithio i'r safle adeiladu ben bore Llun.

'Pam?' gofynnais.

'Am fod y perchennog yn dwrne ac wedi mynnu gosod cymal cosb yn y cytundeb. Dwi byth yn cael trafferth fel hyn 'da pobl leol.'

'Nac yn cael cymaint o arian am wneud y gwaith chwaith,' meddwn innau.

'Mae dy deulu di'n gwneud yn ôl-reit allan o'r ymwelwyr 'fyd,' ysgyrnygodd Terry.

Y gwir amdani oedd, serch effaith andwyol y bobl a'r cwmnïau estron oedd yn berchen tai yn yr ardal, bod Terry a fy rhieni i yn dibynnu arnyn nhw i wneud bywoliaeth. Diwedd y gân yw'r geiniog bob tro. A does dim angen gwneud gradd mewn astudiaethau busnes i ddeall hynny.

'Na, gwneud ein gorau i'w lladd nhw mae fy nheulu i mewn gwirionedd gyda'r holl fraster yn y caws a'r cig ry'n ni'n ei werthu iddyn nhw,' meddwn yn ddireidus. Chwarddodd Terry ac esbonio mwy am alwad ffôn perchennog y tŷ.

'Ges i alwad ffôn gan y jiawl neithiwr ac mae'n dod â'i deulu 'ma am wylie fore Sadwrn. Mae'n rhaid inni orffen y gwaith erbyn nos Wener.'

Tybiai Terry fod pythefnos o waith ar ôl ar yr estyniad, a rhegodd ei hun am ganolbwyntio'n ormodol ar waith arall dros yr wythnosau cynt.

'Pam na gyflogi di un neu ddau arall am yr wythnos?' gofynnais. Gwgodd Terry.

'*Overheads* Dewi bach, *overheads*. Dwi'n siŵr y gallwn ni ddod i ben â hi os wyt ti a Florian yn fodlon gweitho'n hwyr bob nos,' awgrymodd.

Roedd Florian yn barod iawn i wneud oriau ychwanegol a chael mwy o gyflog am nad oedd wedi cael llawer o waith stripio dros yr haf.

'Mae'n rhaid imi roi'r gorau i'r Galaxy Offender a Capten Bob Finch a chreu cymeriade newi. Ma'r asiant wedi gweud wrtha i fod fy nghymeriade i'n rhy hen ffasiwn,' meddai'n benisel, gan ddechrau gosod y sgaffaldiau.

Ond cododd hwyliau Florian tua pump o'r gloch y prynhawn hwnnw. Roedd Terry wedi mynd i brynu llechi ar gyfer to'r estyniad, ac o ganlyniad ro'dd gen i gyfle i reoli'r radio.

'Oes ots 'da ti os newidia i'r orsaf radio?' gofynnais, wrth imi ei helpu i hoelio'r estyll pren ar ffelt y to.

'Bwr gered,' meddai, cyn crychu'i wyneb pan sylweddolodd 'mod i wedi troi'r orsaf i glywed seremoni'r Coroni yn yr Eisteddfod Genedlaethol. Esboniais 'mod i am wybod pwy oedd prif enillwyr yr Ŵyl rhag ofn i Terry gynnwys y cwestiwn yng nghwis y Farmers y noson honno. Parhaodd Florian i bwnio'r hoelion i mewn i'r to yn ystod y feirniadaeth, ond oedodd am ennyd pan glywodd sŵn y corn gwlad.

'Oi, oi... dwi wedi cal syniad,' gwaeddodd nerth ei ben wrth i'r Archdderwydd ddechrau cyhoeddi enw'r bardd.

'Usht... dwi'n treial gwrando ar yr Archdderwydd.'

'Gwrando ar yr Archdderwydd? Rwyt ti'n edrych arno fe, boi.'

'Beth?'

'Meddylia am hyn. Cerddoriaeth Geltaidd... Clannad falle... mae Terry'n dwli arnyn nhw. Mae mwg yn codi o'r llawr... a dwi'n cerdded trwyddo mewn gwisg wen... yr Archdderwydd... yn dal y goron. Dwi'n rhoi'r goron ar ben y roces sy'n cael ei phen-blwydd neu sy ar fin priodi... ac yn dechre'r act. Jest y job ar gyfer merched *középosztály*... dosbarth canol Cymraeg 'da tamed bach o *ízlés*... chwaeth.' meddai Florian.

Gyda hynny, daeth Terry yn ei ôl a throdd Florian y radio i orsaf Radio 1.

'Be ti'n neud? Dwi ddim yn gwybod pwy enillodd y Goron.'

'Ti *yn* gwybod. Fi. Florian Kóbor,' gwaeddodd.

Bu'n rhaid inni weithio fel gweision Ffaro trwy'r wythnos, o saith y bore tan wyth y nos bob dydd. Ond roedd yr estyniad wedi'i gwblhau erbyn pedwar o'r gloch ar y pnawn Gwener.

'Blydi grêt, bois,' meddai Terry ar ôl gwneud yn siŵr fod pob dim yn iawn gyda'r adeilad. 'Reit 'te. Ma'n rhaid imi fynd i weld boi ym Mhwllderi obwtu jobyn newydd. Uwch-gynhyrchydd *Wales Today*. Mi goda i ffish a tships o'r Sied ym Mhorthgain ar y ffordd 'nôl. Fi sy'n talu. Fydda i'n ôl mewn awr,' meddai, cyn neidio i'w fan.

'Porthgain, myn uffarn i! Ma' fe wastad yn iwso'r esgus 'na i osgoi helpu i dynnu'r *állványzat*... sgaffalde lawr. Dere mla'n Dewi, shiffta dy stwmps.'

Edrychais ar yr estyniad gyda balchder am mai hwn oedd y darn cyntaf o waith adeiladu imi fod yn rhan ohono o'r dechrau i'r diwedd.

'Falle bydd y muriau 'ma'n sefyll am ganrifoedd. A ni oedd yn gyfrifol am eu codi, Florian,' meddwn, gan sylweddoli pam fod stôl Giovanni Rossi mor bwysig i Dad.

'Fyddan nhw'n lwcus os bydd y walie 'na'n para tan Dolig os dwi'n nabod gwaith brico Terry Poley,' meddai Florian gan chwerthin yn uchel. Edrychais ar fy watsh. Pump o'r gloch. Pump o'r gloch! Rhedais at y radio a'i throi i orsaf Radio Cymru.

'Newydd gofio bod seremoni'r cadeirio'n dechrau am bump,' meddwn, cyn i rywbeth ddal fy llygad ar y to. 'Damo,' meddwn, gan syllu ar yr estyniad.

'Beth?'

'Mae llechen wedi dod yn rhydd o'r to yn barod,' atebais.

'Aiff Terry off ei ben,' meddai Florian. Camodd at yr estyniad a rhoi ysgol yn erbyn y wal. 'Dere 'ma i ddal yr ysgol imi, roia i hi'n ôl yn ei lle.'

Roedd Florian wedi cyrraedd y to ac wedi rhoi'r llechen yn ôl yn ei lle pan glywodd y corn gwlad yn canu eto ar y radio.

'Hei, edrych Dewi... dwi 'di bod yn gweitho ar ddawns fach ddigon secsi ar gyfer y rocesi,' meddai gan ddechrau siglo'i ben-ôl.

'Florian... bydd yn ofalus,' gwaeddais, ond yn rhy hwyr.

Eiliad yn ddiweddarach dechreuodd Florian lithro i lawr y to. Cwympodd dros bymtheg troedfedd a glanio ar ei gefn ar y llawr.

Rhewais am eiliad, yna rhedeg tuag ato.

'Paid â symud, Florian... paid â symud...' meddwn, gan geisio cofio hynny o Gymorth Cyntaf oedd gen i.

Dwi ddim yn cofio llawer am y munudau nesa heblaw am ffonio'r ambiwlans a cheisio cadw Florian ar ddihun trwy drafod gwahanol bosibiliadau ar gyfer ei act. Ai Terry neu'r ambiwlans gyrhaeddodd gynta? Dwi ddim yn siŵr, ond dwi'n cofio'r parafeddygon yn cludo Florian i'r ambiwlans i gyfeiliant canu cerdd dant o lwyfan y Steddfod.

*   *   *

Pan ddychwelais i Brifysgol Newcastle ar gyfer fy mlwyddyn olaf yn y coleg ddeufis yn ddiweddarach roedd Florian yn cael triniaeth ar ei gefn mewn ysbyty arbenigol ger Croesoswallt. Ro'n i wedi anfon sawl neges destun ato yn ystod y cyfnod hwnnw, ond heb gael ymateb.

'Dyw e ddim am siarad 'da neb ar hyn o bryd, Dewi. Gad hi am nawr,' oedd cyngor Terry Poley wrth iddo roi fy amlen cyflog olaf yn fy llaw.

Pan welais Terry yn y Farmers dros y Nadolig mi ddywedodd fod Florian dal yn yr un ysbyty, a'i fod yn annhebygol o gerdded eto.

'Wyt ti'n meddwl ddyliwn i gysylltu ag e eto?' gofynnais. 'Wedi'r cyfan, dwi'n teimlo'n gyfrifol am...' dechreuais, cyn i Terry dorri ar fy nhraws.

'Na. Dyw e ddim am weld na chlywed gan neb o hyd. Gad e i fi,' meddai.

Chefais i 'mo'r cyfle i gael gwybod mwy amdano pan ddychwelais adref o'r Brifysgol am benwythnos yng nghanol mis Mawrth 2020, chwaith. Ro'n i'n dal i bendroni ynghylch dychwelyd i Dyddewi i weithio yn y caffi ai peidio. Ond ychydig a wyddwn fod fy myd i, fel un pawb arall, ar fin cael ei droi ben i waered yn sgil pandemig Covid-19.

Penderfynodd y Brifysgol gau'n gynnar a bu'n rhaid imi aros adref i helpu Mam a Dad yn y caffi a'r siop am ychydig wythnosau. Roedd fy rhieni'n ddiolchgar fy mod i yno, nid yn unig o ran fy niogelwch, ond am fod y siop yn syndod o brysur. Roedd haid o bobl oedd yn berchen tai haf yn yr ardal wedi dianc o'r dinasoedd i geisio osgoi'r haint.

Erbyn dechrau'r cyfnod clo roedd silffoedd Caffi Rossi yn gwagio'n gyflym am fod y bobl leol a'r ymwelwyr yn prynu'r holl nwyddau rhag ofn iddynt fod yn gaeth i'w cartrefi yn hirach na'r disgwyl. A dyna oedd dechrau cyfnod anodd a diflas dros ben.

Yn fuan, sylweddolodd pawb na fyddai'r feirws yn cilio ymhen ychydig wythnosau. Daeth fy rhieni'n weithwyr allweddol a oedd yn darparu nwyddau i bobl yr ardal, a gwirfoddolais innau i yrru'r fan am fod y dystiolaeth yn awgrymu mai pobl hŷn oedd fwyaf tebygol o farw o'r feirws. Ac am fod fy rhieni o gwmpas yr hanner cant, penderfynwyd mai dyna fyddai orau.

Yn ystod pythefnos cyntaf mis Ebrill dim ond cludo nwyddau i drigolion lleol o'n i, am fod preswylwyr y tai haf yn tueddu i archebu eu nwyddau nhw o'r archfarchnad yn Hwlffordd. Ond pan ddaeth hi'n amlwg fod rhestr aros hir ar gyfer cludo nwyddau i'r cartref, dechreuodd y ffôn ganu'n rheolaidd, a dechreuais fynd â nwyddau i breswylwyr tai haf yr ardal.

Roedd hi'n tynnu at ddiwedd mis Ebrill arna i'n teithio ar hyd y ffordd gefn o Dyddewi, yn cludo nwyddau i bentref Trefin. Sylweddolais wrth imi barcio fy fan tu fas i'r tŷ mai hwn oedd yr adeilad ro'n i, Florian a Terry wedi'i adnewyddu yn ystod yr haf cynt.

Syllais yn hir ar y to y cwympodd Florian oddi arno a theimlo cywilydd nad o'n i'n gwybod beth oedd ei hanes, heblaw am y ffaith ei fod yn annhebygol o gerdded eto. Sylweddolais imi fod yn hunanol a phoeni mwy amdanaf fi fy hun na neb arall, gan adael i Terry gadw mewn cysylltiad â Florian. Yna clywais rywun yn cnocio'r ffenest a gwelais ddyn yn pwyntio at garreg y drws. Symudais yn nes at y tŷ.

'Leave the box there,' gwaeddodd y dyn trwy'r gwydr. Amneidiais â fy mhen i gytuno, a gadael y bocsiaid o arancini, olewydd Boscaiola, tomatos heulsych, Salami Finocciona a chaws Pecorino wrth y drws. Pan godais fy mhen roedd y dyn wedi diflannu. Dim gair o ddiolch – profiad ro'n i wedi dechrau cyfarwyddo ag ef yn ddiweddar wrth gludo nwyddau i'r tai haf. Ond roedd y profiad o ymweld â chartrefi pobl leol yn un gwahanol iawn ar y cyfan, ac ro'n i wedi dechrau cael ymdeimlad o berthyn i'r ardal eto.

Ymhen yr wythnos, fodd bynnag, roedd gen i fwy i boeni amdano nag ymddygiad digywilydd ymwelwyr. Derbyniais e-bost gan Brifysgol

Newcastle yn fy hysbysu na fyddai'n bosib cynnal arholiadau gradd ar gyfer fy nghwrs, ac felly mi fyddwn i'n derbyn gradd yn seiliedig ar fy ngwaith cwrs dros y tair blynedd diwethaf. Pan gerddais i mewn i'r siop yn ddiweddarach y diwrnod hwnnw i ddweud wrth fy rhieni, cefais fraw pan welais yr olwg ar wyneb Dad.

'Ydy popeth yn iawn?' gofynnais.

'Dyw dy fam ddim yn hwylus... mae hi wedi dechrau pesychu. Mae hi yn y gwely... ers canol y bore,' meddai, gan roi ei law o'i flaen i'm hatal rhag camu'n nes. 'Rhaid inni hunanynysu a gobeithio am y gorau,' ychwanegodd. 'Dwi wedi ffonio'r rhan fwyaf o'r cwsmeriaid yn barod.'

Dechreuodd fy nhad besychu drannoeth ac aeth i'r gwely yn yr ystafell sbâr ar ôl cymryd tabledi Paracetamol i leddfu'i symptomau. O hynny ymlaen byddwn yn cael sgwrs fach efo nhw deirgwaith y dydd yn unig wrth imi adael bwyd iddyn nhw ger drws eu hystafelloedd gwely. Ro'n i'n eu hannog i fwyta er na allent flasu unrhyw beth.

Ymhen pum niwrnod roedd y ddau wedi dechrau gwella ac yn paratoi i ailgydio yn y gwaith o ddosbarthu nwyddau eto. Ond yn anffodus, dyna pryd ddechreuais i beswch a theimlo'n sâl.

Erbyn y bore ro'n i'n cael trafferth anadlu a phenderfynodd fy rhieni alw am ambiwlans. Dwi ddim yn cofio llawer am yr oriau canlynol heblaw am gael fy nhywys i'r ambiwlans gan y parafeddygon, ychydig o'r daith i'r ysbyty yn Hwlffordd a chael fy nhrosglwyddo i'r ward Covid i gael ocsigen. Y peth olaf dwi'n ei gofio yw nyrs yn gwisgo gown plastig las a masg yn gorchuddio'r rhan fwyaf o'i hwyneb.

'Mae'ch lefelau ocsigen wedi cwympo rhywfaint felly rydych chi wedi derbyn dexamethasone – steroidau – i atal llid yn eich corff. Rydych chi yn y lle iawn ac yn derbyn y gofal gorau,' meddai wrthyf yn garedig.

Roedd ei llygaid gwyrdd yn llawn tosturi. Ceisiais fy ngorau i ddiolch iddi ac edrych i mewn i'r llygaid caredig, gan feddwl efallai mai dyna'r peth olaf y byddwn i'n ei weld.

*   *   *

Ond nid felly y bu hi. Mi wnaeth y cyffur ei waith. Cododd fy lefelau ocsigen ymhen deuddydd, ac ymhen deuddydd arall cefais fy nhrosglwyddo i ward ar gyfer cleifion oedd yn gwella o'r haint.

Ro'n i'n un o'r rhai ffodus, yn wahanol i filiynau o

bobl ar draws y byd. Ac yn ystod y dyddiau canlynol cefais amser i feddwl am nifer o bethau. Yn bennaf, beth ddylwn i ei wneud â gweddill fy mywyd nawr fy mod i wedi cael ail gyfle. Hefyd, mi fues i'n meddwl am y nyrs oedd wedi ceisio fy nghysuro, a beth hoffwn ei ddweud wrthi hi petawn i'n ei gweld hi eto.

Daeth fy nghyfle ddiwrnod cyn imi gael fy rhyddhau o'r ysbyty. Ro'n i'n bwyta fy nghinio – rhyw fath o bysgodyn, tatws a phys – pan gerddodd y nyrs at fy ngwely. Do'n i ddim yn ei nabod i ddechrau, nes imi weld ei llygaid gwyrdd.

'Ddwedes i y byddai popeth yn iawn on'do?' meddai.

'O'n i'n lwcus. 'Na'i gyd.'

Amneidiodd â'i phen ac edrych ar y bwyd oedd prin wedi'i gyffwrdd.

'Y bwyd ddim yn plesio?'

'Alla i ddim blasu unrhyw beth. Mae fel bwyta metel.'

'Anodd dweud ai effaith y Covid neu gogyddion yr ysbyty yw e. Rwy'n hapus eich bod chi'n gwella,' meddai, a dechrau troi i ffwrdd. Ond gafaelais yn ei braich a throdd yn ôl.

'Diolch.'

'Am beth? Gwneud fy ngwaith? Gorffenwch eich cinio.'

'Gadewch imi gynnig pryd o fwyd ichi ryw dro,' cynigiais yn fyrbwyll. 'Y pryd gorau gewch chi byth. Antipasto: Salami, Mortadella, Prosciutto a Bresaola gyda chawsiau fel Bel Paese a Grana Padano. Prio: Farfalle con pesto di Arugula. Secondo: Agnello a Scottadito; Contorno, Fagottini di Asparagi Al forno. A dolce: Coppa di Mascarpone alle pesche.'

'Waw,' meddai ar ôl imi orffen. 'Does gen i ddim syniad beth oedd ystyr hanner hwnna, ond dwi'n siŵr y gallen i neud cyfiawnder â'r cyfan,' chwarddodd. 'Do'n i ddim yn sylweddoli mai *chef* oeddech chi.'

Fy nhro i oedd hi i chwerthin. 'Alla i ddim coginio i achub fy mywyd. Mi fydd yn rhaid imi agor bwyty a chyflogi rhywun i wneud y pryd ichi,' meddwn. A dyna pryd ddaeth y syniad i 'mhen, sef agor Casa Rossi.

Agorodd y bwyty ym mis Mai 2021 pan gafodd pobl y rhyddid i fynd allan i fwyta eto yn dilyn gaeaf arall o warchod rhag yr haint. Mater bach oedd perswadio fy rhieni ei fod yn syniad busnes da. Byddai'r caffi'n cau am bump bob dydd a'r lle yn troi'n fwyty fin nos, yr unig fwyty Eidalaidd yn y ddinas fach. Roedden nhw ar ben eu digon hefyd am ei fod yn golygu y byddwn i'n aros yn Nhyddewi ac yn cadw'r busnes teuluol i fynd.

Yn ogystal â gweithio yn y siop treuliais y gaeaf cyn i'r bwyty agor yn paratoi cynllun busnes ac yn chwilio am staff ar gyfer y gegin. Cysylltodd Dad â'i berthnasau yn yr Eidal a llwyddodd i ddenu *chef* o ardal Bardia oedd yn perthyn inni o bell, a fyddai'n dod i weithio a byw gyda ni dros yr haf.

Roedd y noson agoriadol yn un fythgofiadwy oherwydd fe ddaeth y nyrs â'r llygaid gwyrdd a nifer o staff y ward Covid i fwyta yn Casa Rossi am ddim. Ro'n i am dalu teyrnged i'r staff a achubodd fy mywyd, yn ogystal â lleddfu fy nghydwybod fy mod i'n un o'r ychydig bobl yr oedd ei fywyd wedi newid er gwell o ganlyniad i'r haint.

Fel pob dyn busnes gwerth ei halen, mi fues i'n ddigon craff i wahodd ffotograffydd i dynnu lluniau ar gyfer y wasg leol, wrth gwrs, gan dynnu sylw at fy haelioni. Aeth y modiwl *loss leader* a ddilynais fel rhan o fy ngradd astudiaethau busnes ddim yn ofer felly. Dewi yw fy enw ond dyw hynny ddim yn golygu bod yn rhaid imi ymddwyn fel sant drwy'r amser. Bu'r strategaeth yn un lwyddiannus ac aeth Casa Rossi o nerth i nerth weddill y flwyddyn.

Ac yna, dridiau cyn y Nadolig eleni, ro'n i'n sefyll ar stôl Giovanni Rossi yn rhoi mwy o stoc Nadoligaidd ar y silffoedd tra oedd y siop yn dawel pan glywais lais cyfarwydd y tu ôl imi.

'Pwy enillodd y gadair eleni?'

Troais i weld Florian yn eistedd yn ei gadair olwyn.

'Ddweda i wrthot ti pwy enillodd cadair ddur Tyddewi 2021. Fi,' meddai, gan droi ei gadair mewn cylch cyfan.

Gwenais yn wan.

'Mi allet ti drio gwerthfawrogi'r jôc. Dwi wedi aros wyth mis ar hugain i'w dweud hi wrthot ti, Dewi,' meddai Florian, cyn ychwanegu ei fod newydd ddychwelyd adre ar ôl treulio dros ddwy flynedd yn yr ysbyty, i ailgydio yn ei fywyd yn Solfach.

'Ro'n i eisiau dod i dy weld yn yr ysbyty... wnes i gysylltu, ond...' dechreuais, cyn i Florian dorri ar fy nhraws.

'... ond do'n i ddim am weld neb i ddechrau...'

'Deall yn iawn, yn enwedig...' meddwn, gan geisio chwilio am eiriau i esbonio fy euogrwydd am y ddamwain. Roedd Florian wedi torri asgwrn ei gefn a byddai'n gorfod treulio gweddill ei oes mewn cadair olwyn.

Edrychodd Florian ar ei wats.

'*Piss-up* o'r gloch. Rwy'n cwrdd â Terry yn y Farmers am chwech. Ti'n dod?'

Roedd Mam a Dad wedi mynd i wasanaeth carolau yn yr Eglwys Gadeiriol y prynhawn hwnnw gan fy ngadael i yng ngofal y siop. Roedd Casa Rossi wedi cau am bythefnos dros y Nadolig, felly ro'n i'n rhydd i ymweld â Terry yn y Farmers am y tro cyntaf ers misoedd.

'Gad imi gau'r siop ac mi fydda i gyda ti,' atebais, gan wylio Florian yn symud yn chwim yn ei gadair at y fynedfa.

Ddeng munud yn ddiweddarach roedd y ddau ohonon ni'n eistedd yn y dafarn. Roedd y lle'n llawn pobl yn dathlu ar ôl gorffen gweithio cyn y Nadolig. Roedd criw o ferched yn y bar, a'r balwnau '40' oedd yn hofran uwch eu pennau'n tystio i'r ffaith fod un ohonyn nhw'n dathlu pen-blwydd arbennig.

Archebais ddau beint gan wraig Terry, Megan, a ddwedodd bod lle tawel inni yn y bar cefn tan hanner awr wedi chwech, pan fyddai'r grŵp o ferched yn cael parti preifat yno.

'Do' i â phlataid o fwyd bwffe draw ichi yn y man,' meddai Megan. 'Ry'n ni wedi cael cogydd newydd ers mis a dwi ddim wedi blasu gwell bwyd erioed.'

Ro'n i am ymddiheuro am achosi'r ddamwain ond cyn imi yngan gair roedd Florian fel petai wedi darllen fy meddwl.

'Nid dy fai di oedd e. 'Se fe wedi digwydd rywbryd, dwi'n siŵr . Rwy'n foi... *felelötlen*... anghyfrifol,' meddai.

'Ond os na fydden i wedi gweld y llechen rydd, ac os na fydden i wedi mynnu gwrando ar y Coroni ar ddechrau'r wythnos, fyddet ti ddim wedi meddwl am y syniad o wisgo fel yr Archdderwydd, a fyddet ti ddim wedi dechrau dawnsio ar y to, Florian,'

'... ac mi ddylwn i fod wedi pwyllo mwy cyn 'i blawdio hi. Gwranda. Sai erioed wedi dy feio di. Diolch byth dy fod ti 'na. Y gwir yw dy fod ti wedi achub fy mywyd i. A dwi am wneud y mwyaf o'r cyfle. Efallai bod y nawfed *gerinces*... fertebrae... yn doji, ond dwi dal yn gallu perfformio,' meddai. 'Rwy'n practiso ar ben fy hun ddeg gwaith y dydd, ond rwy'n barod i ddechre ymarfer 'da rhywun arall heno,' ychwanegodd, gan wincio arna i wrth i Terry gerdded i mewn i'r ystafell.

'Ti'n barod?' gofynnodd hwnnw.

Amneidiodd Florian â'i ben cyn i Terry ei dywys o'r bar a thrwy'r drws i'r toiledau.

'Aros fanna,' oedd y peth olaf imi glywed Florian

yn ei ddweud cyn i ugain o ferched hanner meddw gyrraedd ar gyfer eu parti preifat bum munud yn ddiweddarach.

Codais fy mheint a chychwyn am y drws. Yn sydyn, gwelais fwg gwyn yn codi o declyn wrth fy ymyl, cyn clywed y corn gwlad yn canu.

Bu'n rhaid imi symud eiliad yn ddiweddarach wrth i Florian ddod mewn i'r ystafell yn gwisgo mantell wen. I gyfeiliant cerddoriaeth y Ddawns Flodau, closiodd at brif wrthrych y dathlu, sef athrawes ysgol gynradd leol.

Er bod Florian yn gaeth i'w gadair olwyn cafodd y merched eu cyfareddu gan ei ddull unigryw o ddiosg ei ddillad. Roeddent wrth eu boddau'n gorfod cymryd rhan mwy rhyngweithiol nag arfer, gan eistedd yng nghôl yr Archderwydd ymysg bonllefau o chwerthin a chymeradwyo.

Parodd y perfformiad am ugain munud cyn i Florian ddiflannu trwy'r drws yn hollol noeth ond am ei fwgwd gwyn, gyda rhai o'r merched yn rhedeg ar ei ôl.

'Wnes i ddim sôn am gynllunie Florian i ailgydio yn ei yrfa oherwydd do'dd e ddim am i neb wybod. Mae'r fan yn y maes parcio ac mae e gyda Nicola Rees nawr... newydd gael difors,' meddai Terry, wrth inni gael chwisgi bach gyda'n gilydd awr yn ddiweddarach.

'Dwi wedi'i helpu rywfaint yn ariannol, ond ei syniad e oedd y cyfan. Prin bythefnos ar ôl iddyn nhw ddweud wrtho na fydde fe'n cerdded 'to, roedd e ar y ffôn yn trafod y posibilrwydd o ddal ati i berfformio... marchnad arbennig... cyfleoedd cyfartal ac yn y blaen. Ddwedes i wrtho ar y dechre mai breuddwyd gwrach oedd y cyfan, ond ges i afael ar Jeff Daniels, sy'n dipyn o foi ar y compiwters 'ma. Mi greodd hwnnw wefan ar gyfer Florian gan gynnwys fideos ohono fe'n perfformio'i act. Mae wedi cael deg bwcing yn barod – o Basingstoke i Falkirk. Sdim llawer o bobl anabl yn stripio, t'wel... ac mae'n debyg bod 'na alw am wasaneth o'r fath.'

Gwenais wrth feddwl mai fi, nid Florian, fyddai'n gaeth i'r gadair yn y dyfodol. Codais i brynu peint arall.

'Eistedda fanna. Gaf i hwn,' meddai Terry, a rhoi ei law ar fy ysgwydd. 'Ddylet ti fod yn falch. Does dim llawer o bobl yn achub bywyd rhywun,' meddai Terry cyn mynd at y bar.

A dyna lle eisteddais i, yn fy nghadair, yn pendroni am y dyfodol.

Roedd Giovanni Rossi wedi dod yma o'r Eidal,

roedd cyndeidiau Terry Poley wedi dod yma o Ffrainc, ac roedd Florian wedi dod yma o Hwngari. Efallai nad oedd Tyddewi'n lle mor wael i fyw ynddo wedi'r cwbwl, meddyliais wrth i Terry ddychwelyd.

'Dau,' dywedais wrth i Terry eistedd a rhoi'r ddau beint ar y bwrdd o'n blaenau.

'Beth?'

'Dwi wedi achub dau fywyd. Roedd y llall ryw bum mlynedd yn ôl. Ro'n i wedi bod mewn diwrnod agored ym Mhrifysgol Aberystwyth ac wrthi'n cerdded trwy'r dre i ddal y bws yn ôl i Dyddewi. Ro'n i'n sefyll wrth y groesffordd ger yr orsaf pan gamodd dyn ifanc oedd yn sefyll wrth fy ymyl o flaen car. Neidiais mas a'i lusgo'n ôl cyn i'r car ei daro,' dywedais, cyn cymryd dracht o fy mheint.

'Bachan, beth ddigwyddodd wedyn? Pwy oedd e?'

'Does gen i ddim syniad. Doedd dim diben aros oherwydd chafodd y boi 'mo'i anafu. Sai'n un am ffys ac ro'n i ofn colli'r bws. Ro'n i wedi anghofio amdano fe tan nawr.'

Chwarddodd Terry.

'Mae'n rhaid iti gwrdd â'r *chef* newydd 'te...'

'Pam?'

'Am fod y ddau ohonoch chi wedi achub bywyd

rhywun yn Aberystwyth. Mi ddangosodd e fedal gafodd e am achub bywyd bachgen bach yn y dre. Dere i'r gegin i gwrdd ag e. Fel mae Megan yn dweud, mae ei *bisque to die for*.'

Gwae ddinas y tywallt gwaed,
    Sy'n llawn celwyddau, yn llawn trais
    A'r lladd byth yn stopio!

                    Llyfr Nahum 3:1

OES EOS

Gan
DANIEL DAVIES

CEILIOG DANDI

Gan
DANIEL DAVIES

Nofel am ein hanes a'n dyfodol

ARWYR
Daniel Davies

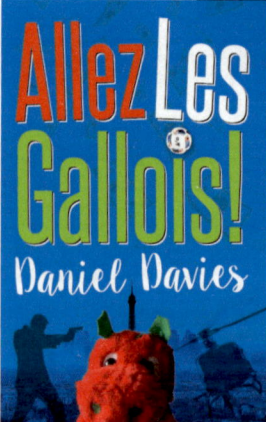

Allez Les Gallois!
Daniel Davies

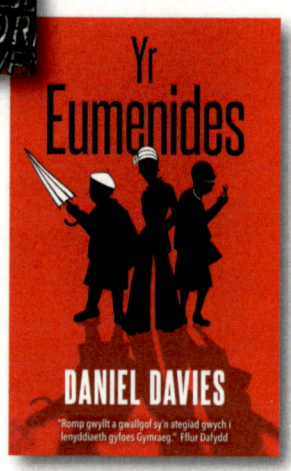

Yr Eumenides

DANIEL DAVIES

"Romp gwyllt a gwallgof sy'n ategiad gwych i
lenyddiaeth gyfoes Gymraeg." Fflur Dafydd